Blutige Idylle

Maria G. Schneider

Blutige Idylle

Maria G. Schneider

WAGNER VERLAG[20]
www.wagner-verlag.de

Ein Buch aus dem WAGNER VERLAG

Lektorat: barbara.henneke@mnet-online.de
Umschlaggestaltung: info@boehm-design.de

1. Auflage

ISBN: 978-3-86683-736-2

Bibliografische Information der Deutschen Bibliothek
Die Deutsche Bibliothek verzeichnet diese Publikation in der
Deutschen Nationalbibliografie; detaillierte bibliografische Daten sind
im Internet über http://www.dnb.ddb.de abrufbar.

Die Rechte für die deutsche Ausgabe liegen beim
Wagner Verlag GmbH,
Zum Wartturm 1, 63571 Gelnhausen.
© 2010, by Wagner Verlag GmbH, Gelnhausen

www.wagner-verlag.de
www.podbuch.de
www.buecher.tv
www.buch-bestellen.de
www.wagner-verlag.de/presse.php

* Die Personen dieses Kriminalromans sind frei erfunden, daher sind eventuelle Ähnlichkeiten mit Personen ausgeschlossen.

Blutige Idylle

Über dem Hundertseelendorf, meist von Natur und Landwirtschaft geprägt, liegt heute ein Dunst von Jauche. Die hügelige Landschaft wird von einem Gülle fahrenden Bauer in eine stinkende Jauchegrube versetzt. Erst nach Stunden verzieht sich der Geruch langsam Richtung Autobahn. Es ist ein idyllischer Ort Nähe der Rheinschiene. Alles hat hier seinen geregelten Ablauf – auf den ersten Blick jedenfalls. Das nächste Polizeipräsidium hat seinen Standort in Koblenz, hier im Dorf ist alles friedlich und geordnet – denkt man.

Da geht er, der ältere Mann mit seinem Hund. Er hat ein faltiges, zerfurchtes gelbes, nahezu ledernes Gesicht, eine lange gebogene Nase, sie reicht fast bis zum Mund mit blutleeren Lippen hinab. Die Augen blicken glanzlos aus tiefen Höhlen hervor und seine Schädeldecke ist eine riesige Glatze. Eine Nase ohne Gesicht, sagen die Leute im Dorf. Sie nennen ihn RDA, Roland das Arschloch. Dünne krumme Beine tragen einen flaschengleichen Körper, kurzum: ein Monstrum von Mensch mit einer geradezu dubiosen Vergangenheit. Er war früher als Söldner bei der Fremdenlegion, weltweit überall einsetzbar. Stampfend schreitet er über den steinigen Feldweg, der rechts und links in Streuobstwiesen eingebettet ist. Schilder am Wegesrand beschreiben die Obstsorten, Vogelarten und Wiesenblumen, es sind sozusagen die hier zu findenden Naturschätze. Roland hat einen schwarzen Labradorrüden, der alle Spaziergänger anspringt und niemals angeleint ist. Wenn man ihn darauf anspricht, grinst er hämisch und setzt seinen Weg fort. Nun biegt er vom Weg ab, stampft über die von Jauche getränkte Wiese und geht zum angrenzenden Bach, während sein Hund schon hundert Meter vor ihm Richtung Wald unterwegs ist. Auch er folgt dem Bachlauf ein Stück und verschwindet schließlich im nahe gelegenen Wäldchen. Hinter dem Wald liegt ein Moor. Dort geht niemand hin, denn viele Leute fürchten sich. Es ist dort immer schattig und kühl, meist hängen über dem Moor Nebelschwaden fest. Die Leute im Ort reden von Irrlichtern, welche sie gesehen haben. Nun, es gibt sie tatsächlich, denn gelegentlich bilden sich leicht entzündliche Sumpfgase. Der Alte kriecht nun mit dem Hund ins Tannendickicht, wo er sich ziemlich lange aufhält. Nach geraumer Zeit kommt er wieder aus dem Wald und geht den gleichen Weg zurück ins Dorf. Dabei geht er am letzten Haus vorbei, einem Bungalow aus den Achtzigerjahren, wo sich ein Wendehammer befindet und hinter dem Haus ein großer Garten, welcher bis an den Bach grenzt. Dort wohnt ein Künstler, er malt Aktfotos. Ein Mann Ende vierzig, muskulös, Brillenträger, seine blonden Haare hat er zu einem Zopf zusammengebunden, er gilt als ruhig und menschenscheu. Wobei er Tiere über alles liebt. Gerade verlässt er das Haus, geht über den Feldweg Richtung Autobahn, wo auf einer der großen Wiesen Schafe und Ziegen weiden. Die Schafe haben jetzt Lämmer. Ein wunderbares Schauspiel, sie zu beobachten, denkt er, während er nun auf der Wiese im Gras sitzt und auf einem Grashalm herumkaut. Unmittelbar gegenüber wohnt ein riesiger schwerer Mann, sein Rücken ist stark behaart, sein gesamtes Erscheinungsbild ungepflegt, wobei er eine nette zierliche Frau hat. Er ist nur an den Wochenenden zu Hause. Wenn er dann eintrifft, fällt die Haustüre ins Schloss und keiner der beiden verlässt das Haus. Egal ob die Sonne scheint, es regnet oder schneit, im Dorf sind sie unbekannt. Ihr ganzes Haus ist zugewachsen mit Efeu, die Fenster sind teilweise nicht mehr zu sehen, sie lassen sich nur noch erahnen, die Haustüre ist frei. Die beiden schlüpfen herein, gerade so wie Mäuse, die in ihrem Bau verschwinden. Inmitten des Dorfes liegt die gotische Kirche, daneben eine Jugendstilvilla. Das Pfarrhaus ist umgeben von einer großen Wiese mit alten Kirschbäumen. Angrenzend befindet sich der Dorfplatz, wo sich am Wochenende die Jugend tummelt. Am Sonntag findet in der prunkvollen Kirche die Eucharistiefeier statt. Dort treffen sich alle aus dem Dorf: die ehrlich Gläubigen, die Heuchler und die Scheinheiligen. Der sonntägliche Kirchgang ist das Highlight der Woche. Egal was sie wochentags treiben, beten tun sie immer. Nach der Messe gehen die Männer in die gegenüberliegende Kneipe zum Frühschoppen und die Frauen nach Hause zum Kochen, gerade nach dem Motto: Katze und Frau gehören ins Haus und Mann und Hund vor die Türe. Manche Männer eilen forschen Schrittes beim Glockenschlag der Kirchenuhr Punkt zwölf nach Hause, andere erst spät am Nachmittag leicht angetrunken. Dann gibt es noch den Mann mit den neun Fingern. Er ist Mitte vierzig, Rentner. Kürzlich kaufte er von seinem Freund ein gelbes Auto mit einer großen Ladefläche. Überall in den Wäldern begegnet man ihm mit seinem Wagen, immer mit Eiche, Birke und Buchenholz beladen. Er sitzt am Lenkrad und raucht Pfeife, redet nie mit einem Menschen, nur selten, wenn er es muss. Auf der Ladefläche neben dem Holz steht am Ende immer seine Stihl-Motorsäge, er stellt sie dort zuletzt hin, bevor er die Heckklappe schließt. Neben seinem alten Fachwerkhaus stehen im Garten alte Traktoren, man sieht einen 11-PS-Deutz, einen 24er-Hanomag sowie einen Eicher und einen Fendt. Vielleicht ist er ja Sammler.

Kommissar Peter Steinmeier ist erst vor kurzer Zeit in die Altstadt nach Koblenz gezogen, er liebt das deutsche Eck, wo sich Rhein und Mosel treffen, ebenso wie die übersichtliche Stadt. Die Wände in der kleinen Altbauwohnung sind mit Tapeten mit ausladenden Ornamenten tapeziert. Das entspricht absolut nicht dem Geschmack des Kommissars. Aber man gewöhnt sich an alles, es soll ja nicht zum Dauerzustand werden, sagt er sich. Ein Vorteil ist, dass sein Büro gleich um die Ecke liegt und man von dort einen direkten Blick zum Rhein hat. Von seinen Kollegen wird er, der neue Inspektor, heimlich „Krähe" genannt. Er trägt stets einen schwarzen Trenchcoat mit schwarzem Hut, ein schwarzer Vollbart ist sein Markenzeichen. Dazu kleidet er sich am liebsten schwarz.

Gestern wurde eine Frau in ihrer Wohnung in Koblenz tot aufgefunden. Das ist sein erster Mordfall in der neuen Umgebung. Heute, am Morgen danach, zieht er sich hastig an, ohne zu duschen, gießt sich eine Tasse lauwarmen Kaffee ein, der noch in der Thermoskanne vom Vortag übrig ist, und schaut dabei aus dem Fenster. Die Häuserfassaden gegenüber sind rissig und grau. Irgendwie ist er in letzter Zeit lustlos und still. Das ist nicht immer so. Seine Frau hat ihn in seinem letzten Wohnort, wo er ein gemeinsames Haus mit ihr besaß, wegen eines anderen Mannes verlassen. Er hat nur seine Arbeit im Kopf. Und nun steht er am Fenster traurig und einsam. Aber er ist Kommissar mit Leib und Seele. Er bereitet sich noch schnell auf die bevorstehende Pressekonferenz vor, dann zieht er Hut und Trenchcoat an und macht sich auf den Weg. Der Raum, in dem die Pressekonferenz stattfindet, ist schon voller Menschen. Es sind meist Journalisten. Viele kennt er schon, aber er blickt auch in fremde Gesichter. Peter Steinmeier beginnt mit seinem Statement kurz und knapp: „Die Pressemitteilung haben Sie bekommen, mehr habe ich zurzeit nicht zu sagen."

„Kommissar, dürfen wir Ihnen einige Fragen stellen?", so ein Journalist der Lokalzeitung.

Ein anderer: „Um ehrlich zu sein, finde ich Ihre Pressemitteilung etwas dürftig, etwas mehr sollten Sie schon mitzuteilen haben."

Steinmeier: „Vom Täter fehlt bis jetzt jede Spur."

„Wie wurde die Frau getötet? Durch äußere Gewalt, das kann viel bedeuten."

„Wir wissen es nicht, die medizinische Untersuchung ist noch nicht abgeschlossen", so Steinmeier. „Vielen Dank." Kommissar Steinmeier kehrt zurück an seinen überfüllten Schreibtisch, wo neue Arbeit auf ihn wartet.

Das kleine Dorf liegt in einer ewigen Ruhe neben der Autobahn. Eine alte Frau kommt täglich den Obstlehrpfad mit einem Fahrrad gefahren, sie fährt zu Roland mit dem Labrador, am Lenkrad hat sie einen Korb mit Kuchen und Fleisch. Sie steht an jeder Haustüre im Ort, bettelt die Leute an und tratscht, vieles ist erlogen oder ihrer Erfindung entsprungen. Ihr Gesicht ist runzelig und alt, sie trägt einen braunen Kurzhaarschnitt, eine bunte Brille, sie ist sehr modisch, schrill und auffallend gekleidet und ihr Mundwerk ist laut und gefährlich.

Heute in der Nacht zum ersten Mai geht es turbulent im Ort zu, die Junggesellen sind mit Traktor und Anhänger unterwegs. Diesen haben sie voll mit Birkenbäumen beladen und bunten Kreppbändern behangen. An jedem Haus im Ort, wo ein noch unverheiratetes Mädchen wohnt, stellen sie den sogenannten „Maibaum" auf, der größte Baum kommt auf den Dorfplatz, wo sie dann später daruntersitzen und mehrere Kästen Bier leeren. Dies zieht sich bis in die frühen Morgenstunden hin, in denen dann keiner von ihnen mehr nüchtern nach Hause geht.

Am ersten Maimorgen fährt am letzten Haus eine Frau mit einem feuerroten Mercedes Cabriolet vor. Sie betritt den Vorgarten des Künstlers Francis, geht zur Haustüre, diese wird geöffnet und sie tritt ein. Francis lächelt sie verlegen an, streicht sich über sein blondes zusammengebundenes Haar. Sie geht in die Mitte des Zimmers und steigt auf einen kleinen Podest. Dort entledigt sie sich ihres leichten roten Seidenkleids, lässt es zu Boden fallen, Francis hat zum Glück die Staffelei vor seinem Gesicht, aber es entgeht ihm nichts, denn sonst wäre er doch kein Mann. Anschließend zieht sie ihren schwarzen BH und das Spitzenhöschen aus, wahrscheinlich aus echter Brüsseler Spitze, die langen schwarzen Spitzenstrümpfe behält sie jedoch an. „Stören Sie die Strümpfe beim Malen?", fragt sie und schaut dabei Francis grinsend an. Francis atmet schwer, er kann den Pinsel kaum ruhig mit seiner Hand führen, blickt nur ab und zu hinter der Leinwand hervor, wo die Rohskizze der wunderschönen, schwarzhaarigen Frau langsam entsteht. Ein schwacher Lichtschein fällt durch das große Fenster und lässt die Farben auf der Staffelei aufleuchten. Sie ist die Sünde, denkt Francis. Ob sie bemerkt, dass sie ihm gefällt? Sie kommt nun graziös von dem Podest hinunter, stellt sich neben ihn. Ihre Nacktheit lockt ihn. Ein Teufelsweib, denkt er. „Sie können etwas", sagt sie, während sie auf die Leinwand blickt. „Wissen Sie übrigens, dass ich verheiratet bin."

„Nein, aber ich nehme es an, denn warum möchten Sie sonst ein Porträt", etwas anderes fiel Francis im Moment nicht ein.

„SIND WIR FRAUEN SO BEGEHRENSWERT, DASS ES SICH LOHNT, DAFÜR ALLES ZU GEBEN, SELBST DAS LEBEN?", fragt sie und der Raum füllt sich mit ihrem schrillen, lauten Gelächter. Sie schlüpft nun in ihre Kleidung, geht lachend zur Türe: „Adieu, bis zum nächsten Mal!" Hin und her gerissen steht Francis nun in der Eingangstüre, blickt ins Leere, obwohl sie schon längst Richtung Autobahn mit ihrem roten Cabrio unterwegs ist. Die ganze Nacht bis in die frühen Morgenstunden brennt Licht in seinem Atelier. Die Frau scheint ihm den Nerv geraubt zu haben, ja, er ist betört von ihrer Schönheit, wo er doch sonst eher nüchtern den Dingen ins Auge schaut. Was ist nur mit ihm los?

Nach dem Frühstück blickt er zum Fenster hinaus, er weiß es im Moment selbst nicht. Auf dem Wendehammer vor dem Haus parkt ein dunkelgrüner Jimny Jeep und der Förster steigt aus. Ein Mittfünfziger mit Wohlstandsbauch und grauem Haar, er trägt eine große alte Goldbrille und ist grün gekleidet. Er steht da, fast regungslos, lässt seine Blicke schweifen und schüttelt hin und wieder mit dem Kopf. Als er seinen Vorgarten betritt, geht Francis ihm entgegen: „Was suchen Sie hier?"

„Was ich suche, ist nicht da", erwidert er. Er hebt bedauernd die Hände, nimmt ein hellbraunes Lederläppchen aus seiner rechten Jackentasche und putzt damit seine Brille. Dann wendet er seine Blicke dem sitzenden weißen Buddha im Garten zu, immer noch über die Brille reibend, geht am Gartentor hinaus ohne ein Wort des Abschieds, steigt in seinen Jeep und fährt ins Dorf. Während Francis noch dasteht und denkt: Hat man es nicht nötig, hier auf dem Dorf die Form der Höflichkeit zu wahren, denn ein guten Tag und ein Adieu kostet doch nichts, oder? Francis geht zurück ins Haus und vergisst den sturen Förster, denn er hat wichtigere Dinge zu erledigen. Heute ist es, als ob die Zeit nicht verstreichen will. Beim Blick aus dem Fenster am späten Abend schaut er den Rabenkrähen gespannt zu, wie sie krächzend über dem Wäldchen ihre Kreise ziehen. Spät in der Nacht schläft er nach einem guten Glas Tobermory, einem alten Scotch Whisky, und der Verkostung einer kubanischen Zigarre glücklich ein.

Während der Nacht zieht ein Sturm über Koblenz hinweg. Kommissar Steinmeier sitzt in seiner unaufgeräumten Wohnung, während der Sturm an den Dachziegeln zerrt. Er trinkt Whisky und hört sich eine CD mit klassischer Musik an. Dann plötzlich wird es um ihn herum dunkel und still. Er geht zum Fenster und sieht in die Dunkelheit hinaus. Der Wind heult und irgendwo schlägt ein Reklameschild gegen eine Hauswand. Die Leuchtanzeige seiner Armbanduhr zeigt ihm vier Uhr an. Seltsamerweise ist er heute gar nicht müde. Der Mord der Frau, die tot in ihrer Wohnung lag, beschäftigt ihn sehr. Sie hatte einen Moslem als Freund. Die Ermittlungen führen im Moment in die religiöse Richtung des Islam, aber bis heute fehlen die Beweise. Das Einzige, was er hat, ist ein anonymer Anrufer, der ihm einen Tipp gegeben hat, in welche Richtung eventuell zu ermitteln ist, bis zum jetzigen Zeitpunkt wird dies jedoch überprüft. Dann plötzlich wird es wieder hell, der Stromausfall ist vorbei. Der Kommissar geht unter die Dusche. Er lässt sich eiskaltes Wasser über seinen Körper rieseln, das macht er immer häufiger in letzter Zeit, um wach zu werden und einen klaren Kopf zu bekommen.

Heute, am Morgen des dreizehnten Mai, kommt die Sonne mutig hervor und gewinnt nach langem Ringen den Kampf gegen die dunklen Wolken, welche sich nach der Kapitulation hinter dem Wäldchen verziehen. Der Obstlehrpfad erscheint in einer wunderbaren Blüte, denn Pflaumen-, Apfel- und Birnenbäume geben sich ein frühlingshaftes Stelldichein.

Ein rotes Cabrio kommt mit überhöhter Geschwindigkeit angerast und parkt auf dem Stellplatz am letzten Haus. Die Dame mit den langen, schwarzen Haaren öffnet die Türe vom Auto. Während sie noch sitzt, streicht sie sich mit ihren dünnen, langen Fingern mit rotlackierten Fingernägeln, am Ringfinger mit einem Weißgoldring mit Brillanten geschmückt, über die lang gestreckten Beine an der Wade hoch zum Oberschenkel. Francis steht sichtlich irritiert im Türrahmen. Da kommt der Jeep des Försters auf den Wendehammer gerast. Er steigt aus, steht blitzschnell bei Francis an der Türe, wortlos, versteht sich. Francis starrt auf die Dame, die, wie auf Wolken schwebend, den Vorgarten betritt. Aufregung befällt seine Brust, während der Förster sich allem Anschein nach nichts aus Frauen macht. Man hat den Eindruck, als bedeuten sie ihm weniger als ein Kühlschrank in der Arktis oder eine Höhensonne in der Wüste. Während die Dame am Förster vorbei auf die Treppe zu Francis schreitet, bemerkt der Förster: „Sie sollten nicht zu sehr auftragen, das bringt Ihr Blut in Wallung!" Abwertend, mit einem von oben nach unten gerichteten Blick schaut er sie grimmig an. Sie dreht sich zur Seite, schaut zu Francis, der in einer hellblauen zerknitterten, doch sauberen Jeanshose, beide Hände in den Taschen, ihr lächelnd entgegenblickt. Sie schaut ihm tief in seine blauen Augen, geht ins Haus und verschwindet im Atelier. Der Förster dreht sich, ohne zu sagen, was der Grund seines Besuches war, auf dem Absatz um, geht zu seinem Jeep, steigt ein, fährt wieder Richtung Dorf, von wo er zuvor auch hergekommen war. Francis denkt: Wenn der Förster ein Mann ist, ist er ein Trottel, wenn der Anblick einer so schönen Frau ihn nicht berührt, ein komischer Kauz ist er schon.

Sie sitzt auf dem Podest, gerade wie eine Python, schillernd schön und am Ende tödlich, denkt Francis und verschwindet hinter seiner Staffelei. Es ist, als blicke er über Kimme und Korn auf ein Stück Wild, um es durch einen Blattschuss zu erlegen. Kommen ihm nun diese Gedanken, weil er zuvor beim Förster stand? Und wieder und wieder fällt es ihm schwer, sich auf die Führung seines Pinsels auf der Leinwand zu konzentrieren. „Genug für heute", schreit sie plötzlich, da ist es wieder, ihr lautes, schrilles Lachen. „Wo ist denn Ihr Badezimmer?" Sie rennt nackt auf den Flur, erblickt hinter einem Spalt geöffneter Türe sein Bett und im nächsten Moment liegt sie verführerisch in seiner zerknautschten, bunten Bettwäsche. Francis folgt ihr, legt sich stumm neben sie. Betört von ihrem Duft, er möchte wetten, es ist Coco Chanel, lässt er sich fast wie betäubt den Haargummi entfernen. Seine blonden Haare fallen nun ungebändigt auf seine Schultern hinab. Er möchte nur noch diese Frau besitzen, wenn auch nur für kurze Zeit, denn es muss das Paradies und die Hölle zugleich sein, denkt er, während er sich ihr willenlos hingibt. Sie bleibt die ganze Nacht, ist wie Gift in seinen Adern. Verschwindet am Morgen, ohne etwas von sich zu verraten, nicht einmal ihren Namen, obwohl Francis sie danach fragt. Ihr Cabrio verschwindet auf der Autobahn Richtung Köln-Bonn. Obwohl, er hat sich das Kennzeichen gemerkt. Also muss sie aus dem Raum Düsseldorf kommen. Schweigend liegt Francis auf seinem Bett, er vermisst sie jetzt schon, ihre Nähe, ihre Wärme und nicht zuletzt ihr Temperament. Er denkt zurück an letzte Nacht, es war Vollmond, er strich mit seinen Händen über ihre Brüste, dabei spürte er, wie ihre Brustwarzen sich aufrichteten, wie ihr Leib zuckte und ihr Verlangen grenzenlos war. Schwach und müde, total erschöpft liegt er nun da und seine Brust schmerzt ihn dort, wo sie im Banne der Ektase ihre Zähne eingegraben hatte. Er hat nun genug, genug für den Rest des Tages. Am Abend nimmt er den Pinsel, wirft ihn in die Ecke neben der Staffelei, rennt hinaus, blickt zur Autobahn, geht, ohne dabei einen klaren Gedanken zu fassen, durch den angrenzenden Wald hinter der Autobahn. Er beobachtet, wie der Alte mit seinem Hund ins kleine Wäldchen geht, der Förster sich mit dem Mann mit den neun Fingern unterhält. Sie stehen unter einem Holunderstrauch mit dem Mythos, dass dieser Krankheit heilt und Unglück abwendet! Das passt ja, denkt Francis, und zur gleichen Zeit kommen ihm Gedanken an seine Kindheit. Abseits von viel befahrenen Straßen machte er sich an den Wochenenden im Mai mit seiner Mutter auf den Weg und pflückte die Dolden des Holunderstrauchs in der Mittagssonne, wovon sie anschließend zu Hause Holunderküchlein backte, wobei sie die Dolden, ohne zu waschen, wegen des guten Geschmacks auf den Teig legte. Fast hat der Strauch ihn verführt und zum Pflücken der Blüten bewegt, schließlich geht Francis dann aber doch wieder ohne eine Blüte nach Hause. Malen kann er nicht mehr, es fehlt ihm die Muse dazu. So nimmt er sich schließlich nach langem Auf- und Abrennen in der Wohnung ein Glas, füllt es mit einem 93er Single Islay Malt Scotch Whisky, öffnet seinen auf dem Nachttisch stehenden Humidor, entnimmt ihm eine Zigarre, eine aus der Dominikanischen Republik. Ungeduldig dreht er diese zwischen Daumen und Zeigefinger, als erwarte er eine Antwort. Was ist Zeit? Habe ich Zeit? Ich nehme mir Zeit. Diesen Luxus möchte ich niemals aufgeben. Ein Aficionado wie ich soll sich das einfach gönnen, denkt er. Er nimmt den Cutter, schneidet die Zigarre an, zündet ein Streichholz, dreht die Zigarre langsam über der Flamme hin und her, während er sie schließlich in seinen Mund nimmt und genüsslich daran zieht. Wie in eine andere Welt versetzt, schließt er seine Augen, der Rauch umschmeichelt seinen Gaumen, er denkt ununterbrochen an seine Nacht mit der Unbekannten. An Teufel, Himmel und Hölle.

Eine Woche ist nun vergangen. Francis hat nichts mehr von ihr gehört, nicht mehr gemalt, er wird immer nervöser. Er beschließt, heute Abend durchs Dorf zu gehen. Er schreitet vorbei an geöffneten Fenstern, aus denen ihm modriger Geruch entgegensteigt. Es riecht nach alten Weibern und alten Klamotten, alles scheint totenstill, wie auf einem Friedhof. Das dumpfe Geräusch der Motoren schallt unaufhaltsam durch das Tal unter der Autobahn. Ein fast geisterhaftes Klack-klack ertönt über den Ort, jedes Mal das gleiche, wenn ein Auto über die Metallstreben der Autobahnbrücke rast. So hat man nie eine absolute Stille, sondern Tag und Nacht dieses Klack-klack im Ohr. Francis nimmt es schon aus lauter Gewohnheit nicht mehr wahr. Hinter jedem Haus in diesem beschaulichen Ort steckt eine Geschichte. Die einen lieben ein mediterranes, ungezwungenes, freies Leben, die anderen ein von Pünktlichkeit, Korrektheit und Penetranz geprägtes. Dann gibt es noch die Rentner, die nie Zeit haben, stets eilen und hasten, als wäre der Teufel hinter ihnen her. Nicht zu vergessen die Geldgeilen und Nimmersatten, es sind die, die den Hals niemals vollkriegen, ihre Gesichter sind von Raffgier und Unzufriedenheit geprägt.

Am Ortsausgang gibt es noch eine Frau, Mitte dreißig, sie hat feuerrotes langes Haar, ein Vollblutweib gleich einer Rubensfrau. Sie hat kürzlich eine Partnervermittlung eröffnet, ihre Farben sind grasgrün und orange, überall tauchen sie im Wechsel auf, ob im Büro oder auf ihrer Kleidung. Sie ist mit ihrem schwarzen Minicooper und ihrer braunen Bordeaux Dogge unterwegs, die das passende Fell zu ihren Haaren trägt, somit fallen sie jedem sofort auf. Entspannung durch Yoga findet sie in ihrem persönlich gestalteten Garten vor ihrem Büro, denn mit viel Kreativität hat sie sich hier eine Wohlfühloase geschaffen. Zwischen dem sanften Schein mehrerer Windlichter sitzt sie im Garten, als Francis vorbeigeht. Unter dem leisen Knarren der Flechtmöbel lässt sie sich vom nächtlichen Ambiente inspirieren. „Einen schönen guten Abend, so spät noch unterwegs?", sagt sie freundlich, als er vorbeigeht. Francis denkt gleich: Sie ist keine Einheimische! Sie kommt an den Gartenzaun und erzählt mit ihm. So erfährt er, ohne gefragt zu haben, dass sie von Bonn hierher gezogen ist. Mit einer freundlichen Geste, einem leichten Anheben der rechten Hand, verabschiedet er sich höflich von ihr. Mit einem freundlichen „Man sieht sich" geht er dann nach Hause. Sie hat eine Partnervermittlung, was die Leute im Ort eh nicht verstehen, aber es passt gut zu ihr, denkt Francis auf dem Weg ins Haus. Wie hat sie gesagt? Solange die Leute noch über einen reden, ist man im Gespräch!

In den nächsten Wochen findet er keine Ruhe, schaut täglich mehrmals zur Autobahn, doch es ist weit und breit kein rotes Cabrio zu sehen, das ins Dorf abfährt. Malen kann er im Moment nicht mehr, umso öfter macht er einen langen Spaziergang, um seinen Kopf zu lüften. Der Waldweg ist noch leicht feucht. Er kommt an zahlreichen am Waldrand stehenden alten Buchen vorbei, wo auf einem freien Grundstück eine Familie in einem Holzhaus wohnt. Sie sind aus einem neuen Bundesland von einem kleinen Ort nahe Potsdam hierher gezogen. Ihr erster Schritt in eine neue Freiheit war der Anbau ihrer Loggia an ihrem erworbenen Holzhaus vor drei Jahren. Hier konnte die kleine, zierliche Frau mit ihren blonden Haaren, den erröteten Wangen und dem immer lächelnden, freundlichen Gesicht ihre Träume ausleben, alles in hellblau und mit Rüschen eingerichtet. Wenn es kühl wird am Abend und der Schatten des Waldes sich über das Holzhaus legt, schüren sie einfach voller Begeisterung den in der Loggia integrierten Steinofen an. Sie und ihr Mann, ein hagerer, aber ebenso freundlicher Typ, sitzen oft stundenlang im Garten und meditieren. Dabei richten sie ihren Blick auf den knorrigen, alten Garten, die riesigen Walnussbäume, wo ihre beiden Jack Russel Terrier herumtollen. Sie grüßen alle freundlich, die vorbeigehen, bekommen jedoch nicht immer für ihre nette Geste eine Antwort. Die Frau ist schlicht, trägt selbst gefertigte Holzbroschen an ihren Blusen, ist aber redselig, freundlich und aufgeschlossen. Der Mann sitzt wie so oft stundenlang vor der Haustüre, flechtet aus eigenwilligen Weidenästen wunderschöne Körbe. Francis bleibt stehen, er denkt, welche Geduld und Ausdauer sind erforderlich, um so ein Kunstwerk zu vollenden, Feingefühl, ein gutes Augenmaß und einen Sinn für Formgebung, ist es nicht ein bisschen so wie in der Malerei? Als Francis nach einem kurzen Gespräch weitergeht, kommt ihm der Alte mit dem Labrador und einer ebenso alten, greisen, von Runzeln gezeichneten alten Frau entgegen, es ist die Frau mit dem Fahrrad, die im Ort an jeder Türe steht und ihre Geschichten erzählt, die meist ihrer Fantasie entsprungen oder erfunden sind. Sie geht seit einigen Wochen in den umliegenden Orten als Putzfrau. Aber dubios sind beide. Francis geht an Buchen vorbei, die rechts und links am Wegesrand stehen, ihre Stämme sind silbrig und ihr Laub ist hellgrün. Er geht nach Hause, die Dämmerung holt ihn ein, er schreitet mit forschen Schritten über den Obstlehrpfad. Rechts von ihm hat der Imker seine Bienenvölker auf einer Blumenwiese aufgestellt. Ein stilles Summen ist zu hören. Die Dunkelheit bricht ein, sein Zuhause ist fast erreicht. Monsterfledermäuse kreisen um seinen Kopf. Eine erwischt ihn so sehr, dass beim Wischen mit der rechten Hand durch sein Gesicht die Hand feucht wird. Er schließt die Haustüre auf, schaut sofort in den Spiegel und bemerkt, dass die Fledermaus ihn auf der Stirn verletzt hat, sodass Blut über sein Gesicht hinunterläuft. So sehr hatte er es genossen, dem Spiel der Glühwürmchen im Dunkel der Nacht zuzuschauen, und nun das! Er geht ins

Bad, wäscht das Blut aus seinem Gesicht und trocknet es anschließend mit einem Handtuch ab, nimmt dieses und steckt es in die neben dem Becken platzierte Waschmaschine. Ohne sein Ritual mit Whisky und Zigarre zu vollziehen, legt er sich erschöpft zu Bett.

Es ist Ende Mai. Die Sonne scheint ununterbrochen auf das kleine Dorf im Tal unter der Autobahn A61. Das Dorf liegt friedlich, gerade wie in einem romantischen Märchen, es scheint, als hat hier alles noch seine Ordnung. Doch heute Morgen fährt ein Polizeiwagen durch den Ort, vorbei an den Streuobstwiesen, wo die Merinolandschafe friedlich mit ihren Lämmern in der Sonne spielen. Ein Polizist steigt aus, redet mit dem Schäfer und dem Förster. Nun verlassen sie alle fast zeitgleich die Koppel, sie fahren nun Richtung Dorf.

Der Bauer fährt zum Acker hinaus, pflügt das Feld, die Frauen gehen ihrer Hausarbeit nach und die Jüngeren fahren in die umliegenden Städte zur Arbeit. Man hört das Motorengeräusch mehrerer Mähdrescher rund um den Ort, die Luft riecht nach frischem Getreide und ein wenig nach Staub. Eilig kommt ein Landwirt mit seinem Traktor und Anhänger angerast, ein zweiter mit einer Rundballenpresse. Sie fahren beide auf die Wiese am Obstlehrpfad, wo der Bauer vor zwei Tagen Gras geschnitten hat. Das Gras liegt auf Schwaden und wird nun zu riesigen Ballen gepresst und anschließend mit dem Frontlader auf den Anhänger geladen. Es riecht nach frischem Heu, ein angenehmer Geruch, der sich durch die intensive Sonnenbestrahlung noch verschärft, gerade so, als sitze man in der Badewanne in einem Heublumenölbad. Durch den Auftritt der Polizei hat die augenscheinliche Ordnung leicht gelitten.

Am Abend zieht ein Gewitter auf, Rabenkrähen fliegen krächzend umher und kreisen über dem Wäldchen. Doch dann, in banger Ahnung, stoppt das Leben der Natur, Todesstille, kein Blatt bewegt sich, kein Tier ist mehr zu sehen. Das Gewitter naht, es hängt gerade über dem Dorf. Wütend rast der Sturm, Blitze durchwühlen die Luft und der Donner rollt. Niemand ist zu sehen, nur Francis, er kommt hinaus in seinen Garten, setzt sich auf eine Bank unter dem großen Nussbaum. Von hier aus beobachtet er immer das faszinierende Schauspiel der Natur. Zarter Regen kribbelt auf den Fensterscheiben seines Hauses. Es tropft von den Blättern des Nussbaums, während die Blitze nur so am Himmel zucken und abwechselnd der Donner brutal durch die Luft rollt. Doch Francis lässt sich nicht ins Haus locken, er sitzt da, als würde er es genießen, wenn krachend der Blitz seine Narben in die alten Eichen im Wald zeichnet. Schließlich zieht das Gewitter vorüber. Der Himmel und die Luft sind klar, als wären sie gereinigt worden. Das Grün der Bäume ist kräftiger als je zuvor und das Gras auf den Wiesen saftig wie nie. Die Landwirte sind nun sicher froh, das Heu trocken eingebracht und das Getreide zur Genossenschaft gebracht zu haben. Francis genießt das Ausklingen des Gewitters und geht schließlich, nachdem sich alles beruhigt hat, ins Haus. Am nächsten Morgen steht der grüne Jimny Jeep vor dem letzten Haus. Der Förster in seiner grünen Kluft steigt aus und geht beherzt in den Vorgarten zu Francis. Der Förster steht einfach nur da, die Beine leicht gespreizt und die Hände auf dem Rücken gekreuzt. Er trägt einen grünen Hut und eine karierte Weste, darüber eine grüne Jacke. Seine Augen schauen zum Türeingang, wo Francis im Rahmen steht. Francis steht in seiner knautschigen Jeans mit nacktem Oberkörper lässig da und spielt mit den Muskeln, dabei schaut er dem Förster ins Gesicht, fragt ihn: „Was möchten Sie? Suchen Sie jemanden?"

„Das kann man wohl sagen", antwortet dieser. Irgendwie zollt man ihm Respekt, zumindest hätte er es gerne. Sagen wir es einmal so: Er bestimmt gerne. „Haben Sie etwas gesehen, Herr Maler?"

„Was soll ich gesehen haben?", fragt Francis und es zuckt in seinem Bizeps. „Was soll ich denn gesehen haben? Die Polizei zum Beispiel. Warum?"

„Dem Schäfer fehlen einige Lämmer in seiner Herde. Sie haben also nichts beobachtet?"

„Nein, habe ich nicht", dabei grinst Francis ihn an.

Abrupt dreht der Förster sich um, geht zu seinem Jeep und fährt des Weges. Aus dem Wäldchen kommt der Alte mit seinem Hund, es scheint, als hätte er etwas in seiner rechten Hand. Er geht zum Bach, setzt sich auf die schmale Holzbrücke, welche von einem Ufer des Baches bis zum anderen führt, führt seine Hand zum Mund, als wäre er etwas am essen. Er kniet sich auf die schmale Brücke, wäscht seine Hände im Bach und putzt sie schließlich an seinen Hosenbeinen trocken. Sein Hund hat die Nase im Gras, als ob er etwas sucht. Zum Tagesende erquickt die Natur die Sinne. Die Farben leuchten im Abendlicht, die laue Luft trägt zarte Gartendüfte, die Welt scheint ruhig und über dem kleinen Dorf erklingt das Abendlied der Amsel. Francis ärgert sich immer noch über den Förster, denn er kennt kein Guten Tag und kein Auf Wiedersehen. Beim Zubettgehen sind seine Gedanken wieder bei der Dame aus Düsseldorf, warum sie sich nicht bei ihm meldet? Hätte er nur ihren Namen und ihre Adresse! Ob der Alte mit dem Hund etwas mit dem Verschwinden der Lämmer zu tun hat? So enden seine Gedanken schließlich doch vor dem Einschlafen bei der verführerischen Dame. Nach dem Frühstück am nächsten Morgen kann Francis den ersten Sonnenstrahlen nicht widerstehen, es lockt ihn, in den Garten zu gehen und dem Unkraut zu Leibe zu rücken. Am Nachmittag steht der Jeep des Försters längere Zeit vor dem Holzhaus des freundlichen Ehepaares. Nach einer kleinen Stärkung aus selbst gebackenem Brot, frischer Butter, Speck, Marmelade und Milch steigt er schwerfällig in seinen Jeep und fährt in den Wald. Während Francis sich auf seiner Harke abstützt und zum Wäldchen hinüberschaut, beobachtet er, wie der Alte mit dem Hund aus dem Dickicht gekrochen kommt und über die Wiese zum Feldweg stampft. Staub wirbelt auf, wenn er seine Füße schlürfend über den

Weg zieht. Die Sonne brennt noch vom Himmel, obwohl die Autoschlange auf der benachbarten Autobahn fließend weiterfährt, es ist die allabendliche Rushhour. Schnellen Schrittes geht der Alte an Francis vorbei, der nun Feierabend im Garten macht.

Einige Wochen gehen ins Land, in denen die Sonne dazu beiträgt, dass die Vegetation ihren Höhepunkt erlangt. Der Frieden der treuen Kirchgänger wird jäh gestört, als am heutigen Sonntagmorgen einige Polizeiautos langsam durch den Ort fahren, alles kritisch beobachten, jedes Haus besuchen und Fragen stellen. So stehen kurz vor Mittag auch zwei Polizeibeamte vor der Tür von Francis. Er öffnet die Türe im Schlafanzug und bittet die Beamten ins Haus. Sie nehmen im Wohnzimmer Platz und fragen: „Haben Sie die alte Frau mit dem Fahrrad gesehen?"

„Nein, habe ich nicht, was ist mit ihr?"

„Sie ist verschwunden, hat ihre Putzstelle nicht angetreten, die Leute machen sich Sorgen, niemand hat sie in der letzten Woche gesehen!" Die Beamten bedanken sich. Beim Vorbeigehen schauen sie ins Atelier, werfen einen Blick auf die Skizze der Schönen, welche mit ihren sinnlichen Rundungen auf der Leinwand prahlt. Sie füllt den ganzen Raum, sodass die Polizisten einen Moment stehen bleiben und verharren. Einer der Beamten bemerkt schließlich: „Sehr schön, das Porträt, Ihre Freundin?"

„Nein, nein", antwortet Francis, „eine gute Bekannte ist sie." Sie verabschieden sich ein zweites Mal und sind weg. Währenddessen starrt Francis das Porträt an, er macht sich Sorgen, dass er kein Telefonat, gar nichts von ihr gehört hat. Fast in jeder Nacht wird er wach, hört ihr lautes, schrilles Lachen, doch wenn er aufsteht, um nachzuschauen, ist weit und breit außer ihm niemand im Haus. So legt er sich schließlich wieder schlafen. Es gehen ihm so viele Gedanken über sie durch den Kopf. Ihr Geruch, ihre temperamentvollen, feurigen Spielchen, einfach alles. Besonders den einen Satz vergisst er nicht: SIND WIR FRAUEN SO BEGEHRENSWERT,

DASS ES SICH LOHNT, ALLES ZU GEBEN, SOGAR DAS LEBEN? Wie sie das wohl gemeint hat? Oder vielleicht ist es nur einer ihrer Sprüche?

Ein Monat ist schon wieder vergangen, die Alte mit dem Fahrrad ist immer noch nicht aufgetaucht, die Lämmer sind ebenfalls nicht gefunden worden. Und kein Zeichen von der Schönen aus Düsseldorf. Heute ist ein schwüler Sommertag, die feuchtwarme Luft, das taufrische Gras, das alles lockt Francis schon seit Stunden hinaus in die Natur. Er möchte alles hören, riechen, fühlen, während die Welt noch schläft. Für ihn macht nicht die Tageshitze den Tag aus, vielmehr die erfrischenden Morgenstunden und die lauen Abende. Hier findet er Erholung und Entspannung, wenn auch seine Gedanken bei ihr sind. Wie mag ihr Vorname wohl sein? Marquard ist ihr Nachname, denn sie hat ja schließlich telefonisch einen Termin zum Modellsitzen ausgemacht. Wo mag sie wohnen? Ob sie gerade an mich denkt? Vielleich liegt sie gerade mit einem anderen Mann im Bett? Nein, nein, so ist sie ganz bestimmt nicht! Während er so über den Feldweg schreitet, bricht eine Rotte Sauen aus der Dickung. Er beobachtet, wie der Mann mit den neun Fingern mit seinem Holzpritschenwagen am Wegesrand steht, die Pfeife im Mundwinkel hängend, und sich mit dem Förster unterhält, der ohne seinen Jeep unterwegs ist. Ein rauschendes Zischen geht durch das taunasse Gras. Francis geht um die Ecke und sieht, wie der Mäher, einer der Landwirte, Schritt für Schritt mit der Sense die noch feuchten Halme im gleichmäßigen Rhythmus in den Schwad legt. Der Mann und die Sense scheinen eins zu sein, denkt Francis, als er den Mann mit Begeisterung betrachtet. Der hält jedoch seinen Rhythmus bei und Francis geht weiter. Wenn man keiner von ihnen ist, wird man nach Jahren noch nicht als Einheimischer bezeichnet, man bleibt ein Fremder, so ist es halt auf dem Land. Aber damit kann Francis gut leben. So tritt er auch kurzum den Heimweg an, er genießt die Natur und sie spendet ihm Kraft und Energie für den

Tag, das werden eh nur wenige verstehen. Für die meisten Menschen ist das alles normal. Francis ist nun an seinem Haus angekommen, setzt sich auf eine seiner zahlreichen Bänke im Garten und beobachtet die beiden Männer, der Förster und der mit den neun Fingern, sie stehen immer noch am Wegesrand. Nach einer Stunde setzt sich der Mann mit den neun Fingern in Bewegung Richtung Dorf, während der Förster im Wald verschwindet. Da kommt ein Polizeiwagen, rast mit Blaulicht Richtung Wald. Ein Ford Mondeo folgt ihm genauso schnell.

Heute, am Tag danach, holt Francis die Zeitung zum Frühstück hinein, schlägt den Regionalteil auf und liest mit Erstaunen: Tote Frau auf der Kanzel von Förster gefunden! Zuerst denkt er an die vermisste Frau mit dem Fahrrad. Nun liest er weiter. Vierundzwanzig Tage lang hatte die Frau, die erst kürzlich geschieden wurde, ohne Nahrung mit nur einer Flasche Wasser auf der geschlossenen Kanzel verbracht. Ihren Leidensweg und ihren körperlichen Verfall demonstrierte sie in einem Tagebuch. Die letzte Eintragung war am vierundzwanzigsten Juli. Fast wäre sie vor ihrem Tod entdeckt worden. Denn im Tagebuch schildert sie, dass ein kleines Mädchen auf der Leiter der Kanzel fast hochgeklettert sei, als ihr Vater sie zurückrief. Ein tragischer Tod, vom Förster entdeckt. Die Frau kommt aus der Gemeinde Wachtberg und hat die Trennung von ihrem Mann und den Kindern nicht verkraftet.

Francis ist nun sehr nachdenklich geworden. Als dann noch mehrere Polizeiautos anrücken und zahlreiche Beamte mit Hundestaffel besprechen, nach welchem Raster sie bei der Durchforstung des Gebietes vorgehen, fragt er sich: Ist es aus mit der ländlichen Idylle? Die ganze Suche bleibt ergebnislos, wie die Zeitung am nächsten Morgen berichtet. Die Lämmer sind immer noch wie vom Erdboden verschluckt. Niemand hat eine Erklärung. So geht Francis heute ins Dorf, es hilft alles nichts, er braucht Zutaten, um Brot zu backen, oder er kann es gleich vergessen, was er aber auf keinen

Fall möchte. Er hält vor dem kleinen Lebensmittelladen inne und schaut ins Schaufenster, während unmittelbar in seiner Nähe der Förster mit dem Jeep steht. Er hört, wie er sich mit einem anderen Förster angeregt unterhält: „Bin seit Tagen keinen Schuss losgeworden. Mal war es das schlechte Licht, mal stand das Reh zu weit weg. Ein Anpirschen wäre zwecklos gewesen, mal kam eine schwatzende Wandergruppe, mal fuhren Pärchen ins Feld oder es kamen Spaziergänger mit ihren Hunden vorbei. So waren die Ansitze ergebnislos." Mein Gott, dieser Mensch kann sogar zusammenhängende Sätze formulieren, denkt Francis und geht in den Lebensmittelladen.

Mit den Zutaten in der Tüte geht er anschließend verträumt zu seinem Haus zurück. Er geht am Haus von außen vorbei in seinen verwilderten Garten. Der heutige Tag scheint in der Tat einige Überraschungen für ihn bereitzuhalten, auf einer seiner blauen Bänke neben einem Haselnussstrauch sitzt seine Dame aus Düsseldorf, ihr Cabrio steht um die Ecke beim Nachbarn. Sie sitzt auf der Bank, ein schwarzes, knappes Kleid umhüllt ihren Körper, samtbraune Haut, die schwarzen, langen Haare zusammengebunden, feuerroter Lippenstift auf ihren schmalen Lippen, ihre dunklen Augen sind schwarz ummalt und auf ihrem Kopf trägt sie eine schwarze Schlägerkappe mit einem aus Strass besetzten Totenkopf. Sie lacht schrill, laut und frech. Wie lange hat er auf dieses Lachen gewartet, wie sehr hat er es vermisst. Die Sünde, wie lange hat er auf sie gewartet, und nun sitzt sie einfach da und blinzelt in die Sonne. Von Mut und Kraft beflügelt steht Francis vor ihr, sagt mit leiser Stimme: „Hallo, lange nicht gesehen! Möchtest du etwas trinken?"

„Das zu holen, überlasse ich dir. Ich gehe lieber unter die Dusche, wenn ich darf?"

„Natürlich", sagt Francis und bringt seine Einkäufe in die Küche. Er drückt auf den Kaffeeautomaten. „Milch und Zucker", ruft er schallend durch den Flur.

„Beides", erwidert sie, währenddessen sie schon in ein Badetuch gehüllt das Wohnzimmer betritt. Mit einem Blick gleich einer giftigen Schlange schaut sie ihn an und schiebt dabei ihr Kinn nach vorne. Es scheint ihn sehr zu irritieren, denn die Kaffeetasse auf seinem in der linken Hand haltenden Unterteller klappert unaufhörlich. Verlegen stellt Francis die Tasse auf den alten Holztisch neben sich. Sie steht auf, lässt das Handtuch fallen und zieht Francis ins Schlafzimmer. Blitzschnell liegt sie auf seinem Bett, rollt ihre dunklen Augen, zieht Francis hinunter.

„Warum haben Sie sich so lange nicht gemeldet? Ich kenne nicht einmal Ihren Namen, oder Ihre Adresse? Ihr Porträt, es ist noch nicht fertig!"

„Ramona! Einfach Ramona!", ruft sie durch den Raum.

Am nächsten Morgen, als sie so still und leise das Haus verlassen will, eilt er schnell hinterher und greift sie an ihrem rechten Arm, hält sie fest und sagt wiederum: „Ich weiß nichts von dir!"

„Mein Leben ist minuziös geplant. Ich kann nicht sagen, ob oder wann ich wiederkomme. Gib mir deine Telefonnummer, wegen des Porträts."

Francis lässt ihren Arm los, geht in die Küche, nimmt ein Blatt Papier und schreibt seine Telefonnummer auf, geht zur Türe und überreicht ihr den Zettel. Da ist es wieder, ihr schrilles, teuflisches, lautes Lachen. Man denkt, es schallt noch durch den Raum, obwohl sie schon Richtung Köln-Bonn auf der Autobahn unterwegs ist. Francis geht zurück in die Küche, schaut zum Fenster hinaus auf die Straße und traut seinen Augen nicht. Das rote Cabrio parkt gerade vor seiner Haustüre. Ob sie etwas vergessen hat?, fragt er sich und öffnet ihr die Türe.

„Ich bestehe unbedingt darauf, gefährliche Spiele mit ebensolchen Männern zu spielen", faucht sie ihm zärtlich ins Ohr. Als hätten sie sich stumm darauf geeinigt, dass die Konversation nun beendet ist, stehen plötzlich beide wie erstarrt im Raum. Sie nimmt sein Gesicht zwischen ihre Hände. Ihre dunklen, unglaublich großen, im Zwielicht feucht schimmernden großen Augen sind nur einen Fingerbreit von seinen entfernt.

„Du musst mir helfen, lass mich bitte nicht im Stich", sagt sie leise. Als habe sich ein Teil seines Ichs losgelöst, schmilzt er dahin, versteht aber nichts. „Bitte helfe mir", sagt sie mit ängstlich bebender Stimme. „Mein Mann ist sehr einflussreich, hat eine Firma in Düsseldorf, er ist unberechenbar, nicht kalkulierbar, besitzergreifend, pervers, geradezu ein eiskaltes, habgieriges Monster ohne jedes Gefühl. Er ist stets in dubiose Geschäfte verwickelt, zum Teil in Thailand, wenn er dort auf angeblicher Geschäftsreise ist. Er sieht nicht, was rechts und links neben ihm vorgeht, Menschen interessieren ihn überhaupt nicht. Ich habe Angst! Er bedroht mich ständig, ich halte es nicht mehr bei ihm im Haus aus!" Dabei zittert sie am ganzen Körper und ihr sonst so strahlend gebräuntes Gesicht scheint fade und matt.

„Du kannst gerne bei mir bleiben", erwidert Francis, er weiß jedoch nicht, was er glauben soll, und ist sichtlich irritiert. Nicht zuletzt etwas eigenwillig, denn er liebt diese Frau, bietet er ihr hier Sicherheit und Geborgenheit an. Sie geht ins Schlafzimmer, schlüpft in eine alte zerknitterte Jeans von ihm und fühlt sich wohl. Aus dem Wäschekorb in der Ecke nimmt sie ein graues Shirt und streift es über ihren Kopf, dabei kommt ein leichtes Lächeln über ihre Lippen. Den ganzen Nachmittag verbringen sie gemeinsam in der Natur, sie machen einen langen Spaziergang durch den angrenzenden Wald und sie erzählt Francis aus ihrer Vergangenheit und er aus seiner, die etwas ruhiger verlaufen zu sein scheint. Es kommt ein

Regenschauer und sie stellen sich unter dem Blattwerk einer alten Eiche mit ihren Rücken fest an den Stamm gelehnt unter.

Schließlich lässt der Regen nach und sie treten den Heimweg an, kommen aus dem Wald, gehen Hand in Hand, über den Obstlehrpfad, wo der Schäfer, ein großer, bärtiger, dunkelhaariger Mann, bei seinen Schafen im grünen Hut und Regencape steht und die Tiere füttert. Der Boden ist vom Regen aufgeweicht und winzige Tropfen hängen bei den Schafen an der Wolle. Schwalben fliegen knapp über dem Rücken der Schafe. Der Schäfer blickt zu den beiden, die am Zaun stehen, hinüber und sagt: „Da wird wohl noch ein Regenguss kommen, denn die Insekten fliegen jetzt tief. Langfristige Wetterprognosen kann ich nicht geben, aber aus dem Verhalten der Tiere kurzfristig Schlüsse ziehen. Wenn ein Gewitter bevorsteht, dann fressen die Schafe nicht, laufen im Kreis und schubsen sich." Das Gras raschelt und die nasse Erde quatscht unter den Klauen der Tiere. Der Schäfer wendet sich ab, nimmt seine Schäferschippe und entfernt bestimmte Pflanzen, die auf der Wiese nichts zu suchen haben, während Ramona und Francis schon fast am Haus angekommen sind.

Den Abend verbringen sie eher besinnlich ruhig, dabei erkennt Francis, dass sie doch gar nicht so arrogant ist, wie sie sich am Anfang gegeben hat. Wenn die Sonne untergeht, genießt Francis seine Arbeit unter freiem Himmel besonders. Ramona geht in die Küche und kommt mit einer Flasche Rotwein und einem Teller belegter Brote in den Garten hinaus. Noch spät sitzen sie gemeinsam auf der Bank unter dem Nussbaum, gehen erst um Mitternacht zu Bett. Kurz bevor sie einschlafen, grollt der Donner. Obwohl Francis sonst gerne bei einem Gewitter unter dem alten Nussbaum sitzt und das Naturschauspiel beobachtet, bleibt er im linken Arm von Ramona, den Kopf auf ihrer Brust liegen. Sie sagt nur noch halb schlafend: „Der Schäfer hat doch recht gehabt mit seiner Prognose, das Gewitter ist gekommen!" Im nächsten Moment erfüllt ein

Schnarchen den Raum. In den nächsten Tagen stellt Ramona ihre Kochkünste unter Beweis, sodass Francis sichtlich erstaunt ist, denn einer so tollen Frau hätte er das zuletzt zugetraut.

Im Polizeipräsidium Koblenz ist eine Menge los. Die Ermittlungen der toten Frau in ihrer Wohnung sind bis jetzt im Sande verlaufen. Doch Kommissar Steinmeier wäre nicht Peter Steinmeier, bliebe er nicht verbissen an der Sache dran. Sein Gefühl sagt ihm, dass er bei der Suche nach dem oder den Mördern in islamistischen Kreisen weiter ansetzen muss, aber es ist verdammt schwer, denn sie halten fanatisch zusammen. So sitzt er stets bis spät in der Nacht in seinem Büro hinter seinem mit Akten ungeklärter und alter abgeschlossener Fälle, die er sich nochmals anschaut, belagerten Schreibtisch. Im Westerwald hat ein neunundsiebzigjähriger Landwirt seine Frau erschlagen, er hat sich selbst der Polizei nach der Tat gestellt. Im Hunsrück ermittelt die Polizei in einer Mordserie., Die Toten haben eines gemeinsam, sie sind alle in einem Kegelclub, der sich im dreiwöchentlichen Rhythmus in dem gleichen Lokal trifft, aber anschließend nach dem Kegeln ein Großraumtaxi bestellt, um in ein nahe gelegenes Bordell zu fahren und weiterzutrinken. Die Polizei hat nun nach drei Morden ein Auge auf den Rest der Kegler geworfen, besonders auf ihre Frauen. So wird es dem Kommissar nie langweilig, weil nichts zu tun ist. Spät in den Nächten, wo er sich mit schwarzem Kaffee wach hält, erfreut ihn nur eines: der Blick aus seinem Bürofenster auf den Rhein, wo die Schiffe langsam vorbeifahren mit ihren herrlichen bunten Beleuchtungen. Das bringt dann einen Kommissar in seiner traurigen monotonen Arbeitsstimmung zum Träumen. Und irgendwann spät in der Nacht führt sein Weg total erschöpft, übermüdet und hungrig in die Imbissbude und anschließend in seine Altbauwohnung in die Altstadt von Koblenz, wo niemand auf ihn wartet und der Wind durch die alten Holzfenster hereinzieht. Es ist geradezu ein Wunder, dass die Fensterscheiben noch nicht aus den Rahmen gefallen sind.

Nach einem erhitzten Sommer kommt nun langsam die Natur zur Ruhe. Der Herbst bringt gemäßigte Temperaturen und sie können die Tage mit milder Wärme genießen. So sitzen Ramona und Francis heute zum Frühstücken auf der Terrasse. Ramona erzählt wieder von ihrem Mann:. „Was wissen wir wirklich von jenen, die aus dem Bedürfnis der Machtausübung andere Menschen quälen? Können wir denn annähernd nachvollziehen, was es bedeutet, ein Glück darin zu empfinden, wenn sich andere Menschen vor Schmerzen winden. Zu gerne möchte ich wissen, wie es kommt, dass ein Mensch so empfindet. Oder er ist so vom Bösen besessen, dass er gar nichts mehr empfindet? Die Annahme, was man jemandem zutrauen kann und was nicht, ist der größte Irrtum. Dieser Irrtum ist der Nährboden, auf dem die Tarnung der Falschheit zu wachsen beginnt. Und wir düngen selbst den Boden, indem wir glauben, andere Menschen beurteilen zu können. Falsch, eine Person kann man nicht mit einem Maßband messen. Das einzige adäquate Mittel, um ein Verhalten messen zu können, ist der Vergleich zu anderen Menschen. Habe ich recht? Oder ist es so, Francis?"

„Ehrlich gesagt habe ich mir noch keine Gedanken darüber gemacht, man könnte denken, das entspringt dem Mund einer Psychologin."

„Ganz so falsch liegst du da nicht", antwortet Ramona. „Ach nein, es gibt Menschen, umso mehr Macht sie ausüben, umso niederträchtiger behandeln sie ihre Frauen. Hab ich recht, Francis?"

„Wahrscheinlich ja."

„Einem Menschen mit so viel Gefühl wie du bin ich nie zuvor begegnet."

„Dafür habe ich aber kein Geld und keine Reichtümer."

„Du bist aber der beste Maler, den ich kenne."

„ Du kennst wahrscheinlich nur einen, und der bin ich?"

Der Wind streicht sacht übers Ährenfeld, als Francis sich erhebt, er muss heute nach Bonn zu einem bekannten Galeristen. So ist Ramona heute alleine für einige Stunden. Sie nimmt sein Hemd in ihre Hände, es riecht so gut, denkt sie, während sie ihre Nase darin vergräbt. Ich liebe ihn, dann legt sie das Hemd zurück und geht in den Garten hinaus. Sie schreitet den gepflasterten Weg hinunter bis zum Bach. Sie setzt sich auf einen Baumstumpf ans Ufer und lässt dabei ihre Beine ins Wasser baumeln, während sie ihren Kopf himmelwärts richtet. Ein leichter Wind weht durch die Äste der alten Eichenbäume, sie schließt ihre Augen, während ihre Füße im warmen Wasser baumeln. Sie denkt: Eigentlich brauche ich keinen Luxus, das Leben hier gefällt mir gut, diese Ruhe, dieser Frieden! Nicht wie in Düsseldorf. Alle eilen und hetzen durch die Straßen der Stadt, gerade so, als wäre der Teufel hinter ihnen her! Immer von dem Gefühl geplagt, etwas Wichtiges zu verpassen!

Plötzlich hört sie ein Auto, es wird Francis sein! Sie hat hier am Bach die Zeit vergessen. Sie schaut auf ihre Füße im Bach und sieht eine Blutlache auf dem Wasser schwimmen, einen Faden von dunklem bis hellrotem Blut und ihre Füße mittendrin. Sie nimmt blitzschnell ihre Füße aus dem Wasser, rennt in den Garten. Unter ihren Fußtritten wirbelt der pulvrige Boden zu kleinen Staubwolken auf, er riecht nach Erde und Kamille. Ekelerregt rennt sie ins Haus unter die Dusche und spritzt ihre Füße ab. Francis schließt die Haustüre auf. Sie starrt ihn an, als wäre ihr gerade ein Geist begegnet. Sie setzen sich hin und sie erzählt ihm von dem Blut im Wasser. Er beruhigt sie: „Vielleicht war es nur rote Farbe und deine Aufregung ist ganz umsonst."

„Wahrscheinlich hast du recht", erwidert sie leicht zögernd, denn glauben tut sie es trotzdem nicht. Gemeinsam gehen sie zum Bach hinunter, der Bachlauf ist glasklar, nicht die Spur von Blut zu sehen.

„Lass uns ein Stück spazieren gehen, damit du zur Ruhe kommst", sagt Francis schließlich und sie gehen den Feldweg entlang.

Ob er mir das überhaupt glaubt, denkt sie? Francis lenkt sie ab und beobachtet die Vogelwelt. Die Feldlerche trillert ihr Lied, doch Ramona ist das nicht ganz geheuer, denn es geht ihr nicht aus dem Kopf. Nach einer Stunde gehen sie zurück zum Haus, wobei es ihr immer noch mulmig zumute ist. Sie murmelt an der Türe: „Es war keine Farbe, es war Blut!"

„Dann war es eben Blut", sagt Francis beiläufig.

Am nächsten Morgen parkt der Förster seinen Jimny Jeep auf dem Wendehammer. Er steigt aus, jedoch nicht alleine, denn heute begleitet ihn ein Hund, ein junger Weimaraner. Vom Küchenfenster beobachten Ramona und Francis den Förster, wie er seine Stiefel auszieht und Fährtenschuhe anzieht. Zuvor hat er hinten an die Schuhe abgesägte Vorderläufer eines Wildschweins gesteckt. Ach, die sind ja noch blutig, denkt sie, während sie beim Schlucken einen Kloß im Hals verspürt. Mit der Spitze des Fährtenschuhs reißt der Förster die Grasnarbe der Wiese so stark auf, dass der Boden zu sehen ist. Nach hundert Meter steckt er einen Zweig mit einem Band in den Boden. Nun zieht er seine Fährtenschuhe aus, nimmt die Gummistiefel aus seinem Rucksack, zieht diese an, geht zum Jeep und holt den Weimaraner. Verspielt tapst er neben ihm her. Nach zehn Meter lässt er ihn los und er nimmt die Fährte auf. Der Förster gibt ihm Kommandos, welche er auch befolgt. Francis nimmt Ramona in den Arm: „Genug gesehen, jetzt weißt du auch, wo das Blut herkam."

„Vielleicht", erwidert sie, glaubt es jedoch nicht. Francis schiebt einen Kartoffelauflauf in den Backofen, den er zwischendurch vorbereitet hat. Ramona legt sich aufs Bett, denn seine Argumente haben sie nicht überzeugt. Ihr Herz schlägt so wild, als fliege es ihr gerade aus dem Körper. Ramona hört den ganzen Abend klassische

Musik, sie möchte sich ablenken, aber es gelingt ihr nicht. Irgendwann spät in der Nacht wird sie von Müdigkeit überwältigt und schläft ein.

Dort, hinter einem hölzernen Zaun, geht die Landschaft von Obstwiesen an einem steilen Hang in den Wald über, wo das Haus des netten Ehepaares wie auf einem Plateau steht. Ihr Garten könnte gerade einem Bilderbuch entsprungen sein, so schön liegt er im Sonnenschein, alles blüht in einer bunten Farbenpracht. Der Mann sagt soeben zu seiner Frau, die auf einer Bank vor dem Haus sitzt und sich gerade an einer Brosche konzentriert zu schaffen macht: „Habe soeben mit dem Schäfer gesprochen, es fehlen ihm schon wieder Schafe!"

„Ach", sagt sie, „habe ich dir schon gesagt, gestern stand in der Zeitung, dass die tote Frau auf der Kanzel ohne Fremdeinwirkung zu Tode kam. Sie war dort hingegangen, um zu sterben. Ist so etwas nicht traurig? Was mag die Frau leer und ausgebrannt gewesen sein? Aber Gott sei Dank läuft hier kein Mörder frei herum!"

„Ja, ja, so ist das Leben", meint er, während er auf ihre Brosche schaut. „Sie ist schön geworden", lobt er und schaut sie bewundernd an.

„Ja, es sind eben alles Unikate! Jede ist anders", meint sie und schaut interessiert auf die Brosche, welche sie zwischen ihren zarten Fingern hält. Zart und zerbrechlich ist sie auch, gerade so wie ihre Broschen, denkt er, während er sie so betrachtet, man kann sich aber auch hier täuschen.

Wochen sind seitdem vergangen, immer noch liegt das kleine Dorf unter der Autobahnbrücke wie in einem ewigen Frieden in einer besinnlichen Stille und Ruhe da, als gäbe die Natur all ihre Schönheit und Mannigfaltigkeit her, um hier den Menschen zu erfreuen.

Francis fährt heute beruflich wieder einmal nach Bonn, Ramona möchte lieber zu Hause bleiben. Gerade verlässt er das Haus und fährt Richtung Autobahn. Ramona hat nur einen Gedanken, sie muss dem Bachlauf folgen und zum kleinen Wäldchen gehen. Nach einer starken Tasse Kaffee geht sie an der Terrassentüre hinaus und beobachtet, wie der Alte mit seinem Hund im Wäldchen verschwindet. Dann wartet sie eben noch etwas, denkt sie und zieht zwischenzeitlich Unkraut im Beet. Nach einer Stunde denkt sie schon, sie habe ihn verpasst, da kommt der Alte mit seinem Hund aus dem Wäldchen, geht kurz zum Bach und setzt sich auf die Brücke, steht dann wieder auf und verschwindet mit seinem Hund im Dorf. Endlich!, denkt Ramona. Schnellen Schrittes eilt sie zum Bach, folgt dem Bachlauf bis zur Brücke, obwohl es ihr dabei nicht so ganz geheuer ist, ihr Herz rast, ihr Atem wird schneller. Einen Moment denkt sie sogar daran, zurückzugehen und umzukehren. Aber schließlich fasst sie doch ihren ganzen Mut zusammen, nimmt die Tannenäste in ihre Hand, hält sie zur Seite und kämpft sich mühsam durchs Dickicht. Während Dornenäste von Brombeerhecken ihre Arme und Beine zerkratzen und sie aus den Wunden zu bluten beginnt, verliert sie die Orientierung leicht, Angst befällt sie und sie hat nur einen Gedanken: Wenn Francis nur bei ihr wäre. Es wird immer dunkler, je tiefer sie in das Wäldchen kommt, aber sie denkt nicht mehr ans Umkehren, denn irgendwo muss wieder Licht einfallen, denn so groß ist das Wäldchen ja nun auch nicht. Es knistert und raschelt im Unterholz. Ab und zu flattert ein Vogel und fliegt in Panik davon. Mit jedem Schritt schlägt ihr Herz schneller, es schnürt ihr fast die Kehle zu. Nur langsam kommt sie voran. Angst befällt sie, sogar Todesangst, es kann nicht mehr schlimmer sein. Wäre ich doch zu Hause geblieben, geht es ihr kurz durch den Kopf. Was ist, wenn jemand kommt? Wenn ich schreie, hört mich niemand! Was ist, wenn der Förster kommt, oder der Alte mit dem Hund? Nein, irgendwo muss das Dickicht zu Ende sein und der blaue Himmel erscheint wieder. Die ganze Zeit riecht es nach Verwesung, der Geruch klebt förmlich in ihrer Nase. Nur noch schnell aus dem Dunkel heraus, das ist nun ihr einziger Gedanke. Sie bleibt stehen, schaut kurz nach links, dann nach rechts, geradeaus, zurück, sie sieht jedoch nur Dickicht und finstere Tannen. Tränen kommen aus ihren Augen, rieseln brennend über ihre zerkratzten Wangen hinunter. Warum bin ich hierher gegangen?, fragt sie sich ununterbrochen? Warum? Da plötzlich tut sich ein großes Loch vor ihr auf, fast wäre sie abgerutscht. Doch im letzten Moment ergreift sie einen kleinen Tannenbaum und hält sich daran fest. Sie zieht sich wieder langsam hoch. Es ist ein trichterförmiges Loch. Vielleicht schlug hier im Zweiten Weltkrieg eine Bombe ein, denkt sie, während sie fast ihr Bewusstsein über den immer stärker werdenden Geruch nach Verwesung verliert. Sie stützt sich an einen Baum und das Frühstück fällt ihr aus dem Gesicht. Aber schließlich steigt sie doch in das Loch ab. Dabei hält sie sich am Rand an Ästen, Baumstümpfen und Zweigen fest. Wie im Rausch geht sie einen Schritt nach dem anderen weiter, nimmt einige lange Tannenzweige von einem großen Haufen weg, schreit nur noch und rennt bis zum Aufstieg des Trichters, zieht sich wieder hoch und rennt geradeaus, vorbei an Ästen, die ihr unaufhaltsam ins Gesicht und gegen ihren Körper schlagen. Das Bild, welches sich ihr darbot, war ein Bild des Ekels, der Abscheu und des Schreckens. Endlich hat sie den Bachlauf erreicht, es muss jedoch weiter weg sein, denn hier ist der Bach tiefer und keine Brücke weit und breit zu sehen. Wie in Trance schleicht sie am Lauf des Baches entlang. Ihre voll Lehm und Dreck und von Dornen und Ästen zerkratzte Haut schmerzt sie, die Wunden brennen wie Feuer auf ihrem Gesicht. Endlich hat sie nun die Brücke erreicht, ihr Körper zittert und bebt. Erschöpft setzt sie sich nieder: Was soll sie Francis erzählen, alles das, was sie gesehen hat? Soll sie ihn hinführen? Nein, keine gute Idee, noch einmal nein, das schafft sie nicht! Soll sie die Polizei rufen? Nein, das kann sie überhaupt nicht! Sie werden sie dann nach ihrem Namen und ihrer Adresse fragen, das geht absolut nicht! Erzähle ich es oder schweige ich einfach? Sie entschließt sich für das Letztere. Noch wie benommen geht sie schließlich, ohne zu wissen, wie lange sie nun unterwegs war, zum Haus zurück, über die Terrasse hinein, vergewissert sich noch einmal, ob sie die Türe auch wirklich verschlossen hat, und betritt das Badezimmer. Sie lässt Wasser in die Wanne einlaufen, gibt einige Tropfen des Rosenschaumbads hinzu, entledigt sich ihrer Kleidung, welche sie direkt in die Maschine stopft, um anschließend ins warme Vollbad zu steigen. Sie schaltet die Musik ein, zündet eine Kerze neben der Wanne an und sitzt einfach nur im warmen Wasser. Sie nimmt den Waschhandschuh und reibt ihn durch ihr zerkratztes Gesicht, dabei schaut sie seitlich in den Spiegel. Oje, das sieht ja fürchterlich aus! Sie steigt langsam aus der Wanne, spürt jeden einzelnen Teil ihres Körpers und schlüpft in den Pyjama. Da hört sie den Wagen von Francis, schaut zum Küchenfenster hinaus, winkt ihm kurz zu und im gleichen Augenblick ist sie sich sicher, ihm nichts zu erzählen. Ihre Wunden auf den Wangen hat sie mit Wundsalbe eingecremt, damit sie sich beruhigen, aber so schnell setzt der Heilungsprozess nicht ein, es braucht alles seine Zeit. Francis betritt die Diele, erschrickt bei ihrem Anblick: „Was ist passiert? Was hast du gemacht?"

„Halb so wild", erwidert sie. „Ich bin im Wald spazieren gewesen, ausgerutscht und unglücklicherweise in eine Brombeerhecke gefallen. Ich konnte mich nur mühsam aus den Dornen befreien, das Ergebnis steht vor dir."

Francis nimmt sie zärtlich in den Arm, sie fühlt sich bei ihm sichtlich geborgen nach dem schrecklichen Tag. Er geht zum Telefon, nimmt den Hörer ab und wählt die Nummer des Pizzadienstes aus dem Nachbarort. „Was möchtest du?", fragt er sie dann mit ruhiger Stimme.

„Frutti de Mare, mit viel Knoblauch bitte."

„Ich nehme eine Margarita und einen Tomatensalat", schmunzelt er ins Telefon. Aber irgendwie gefällt ihm Ramona heute gar nicht.

Er geht nun ins Bad, kommt nach einer Viertelstunde im Pyjama heraus, geht zum Weinregal und öffnet eine Flasche Rotwein. Dabei schaut er Ramona fragend an: „Einen Rotwein von der Ahr, ist er dir recht?"

„Wenn er lieblich ist!" Aber heute ist es ihr so etwas von egal, sie ist mit ganz anderen Dingen gedanklich beschäftigt. Es klingelt an der Haustüre und während Francis die Pizzen entgegennimmt, legt sie Besteck und Servietten hin. Anschließend schenkt er den Wein in die alten Römer seiner verstorbenen Mutter ein.

„Zum Wohl, mein Schatz! Es war heute sehr anstrengend in Bonn, umso mehr freue ich mich, nun wieder zu Hause zu sein. Wie war dein Tag? Hast du dich nicht gelangweilt?"

„Ganz und gar nicht!" Dabei nimmt sie hastig ihr Glas in die Hand, führt es zu ihrem Mund und trinkt es in einem Zug leer. Während sie nach kurzer Zeit zur Seite abrutscht und auf der Couch in einen festen Schlaf fällt, holt Francis eine Decke aus dem Schlafzimmer und legt sie vorsichtig über ihren Körper. Er sitzt noch einige Stunden neben ihr und betrachtet sie, wie sie daliegt und schläft. Was ist nur heute mit ihr los? Vielleicht war es falsch von mir, sie den ganzen Tag hier alleine zu lassen? Dann geht er schließlich auch ins Bett.

Die Hitze im August ist unerträglich geworden, der Geruch von Verwesung hängt nun fortwährend über dem kleinen Ort im Tal unter der Autobahn. Ramona kann es nicht mehr ertragen, ständig diesen süßlich-modrigen faulen Geruch in ihrer Nase zu haben. Sie wird von allnächtlichen Alpträumen geplagt, jede Nacht schreit sie und wacht auf. Wenn sich ihr Zustand nicht bald bessert, will sie den Rat von Francis doch befolgen und einen Arzt aufsuchen. Es muss einmal kräftig regnen, die Luft wird dann gereinigt, der Geruch wird vom Wind weggetragen, denkt sie. Sie fühlt sich heute, als hätte heute Nacht eine große Schlacht stattgefunden und sie war mittendrin gewesen. Sie geht zum Küchenfenster, öffnet es, knallt es sogleich wieder zu, atmet tief durch. Ruhig bleiben, Ramona, denkt sie, du musst ruhig bleiben! Am Fenster hinausstarrend erblickt sie nun den Förster mit seinem Jeep. Er rast Richtung Obstlehrpfad, parkt am Wegesrand, ihm folgen zwei Polizeiautos, vier Beamte steigen aus und gehen zum Auto des Försters. Der Förster steigt aus, schultert sein Gewehr und geht schnellen Schrittes über die Wiese Richtung Wäldchen, die Beamten folgen ihm. Nach kurzer Zeit sind alle im Dickicht des Wäldchens verschwunden. Sodann kommt der Mann mit den neun Fingern mit seinem Pritschenwagen angefahren, er fährt über die Wiese zum Wäldchen hin, wo auch er schließlich im Dickicht verschwindet. Nach einer halben Stunde kommt er zu seinem Wagen zurück, nimmt die Motorsäge und ist nicht mehr zu sehen. Dann ertönt das Geräusch der laufenden Motorsäge durch den ganzen Ort. Die Dorfbewohner fragen sich, was hier los ist. Von Schaulust getrieben laufen sie gerade wie eine Pilgergruppe zum Wäldchen hin. Vor dem Tannendickicht stellen sie sich auf. Frauen in Kittelschürzen, Männer in ihren Jeans oder Anzügen, alle von einer nicht berechnenden Neugierde getrieben. Zwei Beamten kommen nun und versuchen, sie mit ihrer Überredungskunst fortzuschicken. Aber so schnell gelingt es ihnen nicht. Die Frauen in ihren Schürzen und mit ihren weißen einheitlichen Dauerwellen-Kurzhaarfrisuren recken ihre Hälse ins Gebüsch und man hört sie reden, sobald die Motorsäge eine Pause macht. Erst gegen Mittag löst sich die Menschentraube unverrichteter Dinge langsam auf.

Ein Landrover hält auf dem Wendehammer, zwei Männer mit ihren Kameras ziehen sich Gummistiefel an und schreiten über die Wiese Richtung Wäldchen. Ein älterer mit schwarzer Hornbrille, grauhaarig, groß und schlank, redet ununterbrochen auf den jungen Mann, der einen Rucksack über die Schulter seines grünkarierten Hemdes trägt, ein. Er hat sein schwarzes Haar zu einem Zopf zusammengebunden und ist von etwas kräftiger Statur. Sie unterhalten sich kurz mit den Beamten und verschwinden im Dickicht. Die Motorsäge scheint fast ununterbrochen zu laufen, nur beim gelegentlichen Betanken ist es still im Ort. Ab und zu fallen hohe Tannenbäume krachend auf den Boden, wo sie anschließend von ihren Ästen befreit und auf Stücke geschnitten werden. Ramona und Francis beobachten schon seit Stunden das Geschehen. Während Ramona nervös hin und her rennt, immer unter irgendeinem Vorwand, etwas erledigen zu müssen, ist Francis die Ruhe in Person. Er raucht seine Zigarre, schiebt sie im Mundwinkel hin und her, während er sich nun im Schaukelstuhl im Wohnzimmer mit einem Glas Whisky niederlässt. Ramona wird etwas ruhiger und lässt sich neben ihm auf der Couch nieder und beginnt zugleich ununterbrochen zu erzählen, total wirres Durcheinander.

Am späten Abend will Francis das Bild noch fertigstellen, da er morgen einen Termin in der Galerie in Bonn hat. Aus einem Gewirr von Strichen, Linien und Schwüngen tritt mehr und mehr ein Porträt von Anmut und Schönheit hervor. Immer wieder tritt Francis von der Staffelei zurück, fixiert das Bild, schüttelt den Kopf, korrigiert und verbessert. Manchen Strich zieht er zehnmal, immer wieder anders – am Ende war es vielleicht der gleiche Strich wie beim ersten Mal. Die ganze Nacht geht das so, langsam sinkt auch der Pegel der Whiskyflasche und quillt der Aschenbecher über. Wirr hängen Francis die Haare über seinem Gesicht, die Augen liegen in tiefen Höhlen. Als die Sonne am Morgen über dem kleinen Ort aufgeht, liegt Francis erschöpft, ausgebrannt und leer, aber zufrieden mit dem fertigen Bild in seinem Bett. Das Gesicht des verführerischen Eva-im-Paradies-artigen-Geschöpfes ist herrlich anzusehen, faszinierend in seiner Lebendigkeit, Ramona, so wie er sie kennengelernt hat.

Es klingelt an der Türe, zwei Polizeibeamte bitten um Einlass. Sie treten ein und fragen, ob sie etwas beobachtet hat am Wäldchen? So froh, dass Francis nun den Raum betritt, verschwindet sie in der

Küche mit dem Gefühl, als schnüre sich ihre Kehle gleich zu. Francis erzählt den Beamten, dass sich der Mann mit dem Labrador fast täglich dort aufhält. Sonst habe er nichts beobachtet. Es geht aber auch niemand dorthin, weil alles voller Dornen und zugewachsen ist. Außer einer Rotte Wildschweine habe ich niemanden dort gesehen. Francis wird nachdenklich, während sich die Beamten schon verabschieden. „Was ist denn überhaupt da los?", fragt er die Beamten so ganz nebenbei.

„Sie lesen es morgen in der Tageszeitung."

Als sie zum Nachbarhaus gehen, kommt Ramona aus der Küche. Gott sei Dank haben die Beamten vergessen, sie zu fragen, wie sie heißt und wo sie wohnt, sonst wäre am Ende ihr Mann noch auf sie aufmerksam geworden. In dieser Nacht macht Ramona kein Auge zu, sie schreit laut im Schlaf und schreckt auf. Den Anblick im Wäldchen und den fürchterlichen Geruch glaubt sie vor ihren Augen und in ihrer Nase zu haben. Übelkeit macht sich breit, sie empfindet Ekel und Abscheu, ein Gefühl, das sie vorher nur in Gegenwart ihres Mannes kannte. Francis weckt sie, nimmt sie in den Arm: „Was hast du geträumt?"

„Ach nichts, gar nichts!" Sie hat nur einen Gedanken: Ich muss hier so schnell wie möglich weg! Sonst drehe ich noch völlig durch! Nach dem Frühstück sagt sie dann: „Francis, ich muss dringend zu meiner besten Freundin nach Köln fahren, rufe dich aber täglich an. Ich bleibe nur einige Tage dort."

„Möchtest du das Bild mitnehmen?", fragt er mit trauriger Stimme?

„Ach, eigentlich brauche ich es nicht mehr, vielleicht kannst du es ja in der Galerie in Bonn verkaufen?"

„Verstehen muss ich das aber jetzt nicht", erwidert Francis. Diese Frau ist und bleibt mir ein Rätsel, sie ist und bleibt einfach unberechenbar, nicht kalkulierbar, das macht sie aber wiederum so begehrenswert und interessant. Sie zieht ihre Kleidung an und da ist es wieder, ihr teuflisch schrilles Lachen, sie küsst ihn auf die Wange, nimmt ihn fest in den Arm und geht zu ihrem Auto. Er blickt ihr traurig hinterher, hebt kurz den rechten Arm und dann ist sie auch schon Richtung Autobahn Köln unterwegs. Francis fragt sich nun: Warum? Warum ist sie so plötzlich mit Vollgas nach Köln unterwegs?

Ramona sitzt hinter dem kleinen Sportlenkrad, Tränen kullern über ihre Wangen hinunter. Schade, aber ich muss weg, ich habe Angst, die Polizei kommt zurück, es wäre eine Katastrophe. Ich liebe Francis und mein Zuhause ist bei ihm, aber ich muss zuerst klare Verhältnisse schaffen, denkt sie. Bei ihrer Freundin angekommen gehen die beiden in ein Kaffee am Rhein und Ramona erzählt ihrer Freundin alles ganz genau. Es tut ihr gut, endlich einmal mit jemandem über ihre Erlebnisse zu reden. Ihre Freundin hat einen Termin für sie organisiert bei einem befreundeten Anwalt in der Stadt. Am nächsten Tag nehmen sie ihn gemeinsam wahr. Sie will die Scheidung und immer mit Francis zusammen sein, ganz egal, ob mit oder ohne Trauschein. Aber ihre Freundin warnt sie vor den unberechenbaren Attacken ihres Mannes, dem sie alles unmenschliche und gewalttätige Handeln zutraut. Sie gibt ihr auch zu verstehen, dass sie jetzt nicht in ihrer Haut stecken möchte und dass sie allem mit großer Vorsicht begegnen soll. Ramona sagt nur: „Francis passt gut auf mich auf, ich fühle mich absolut sicher und habe keine Angst! Außerdem kennt mein Mann meinen derzeitigen Aufenthaltsort überhaupt nicht!"

„Bist du dir da sicher?"

„Absolut! Naja, soll ich immer denken, er ist irgendwo? Dann werde ich langsam, aber sicher verrückt. Komm, jetzt lass uns eine Fahrt auf dem Schiff machen. Oder wie früher nach Luxemburg, Belgien oder Holland fahren."

„Okay, wir fahren nach Amsterdam, jetzt gleich, wir feiern dein neues Leben in Freiheit!"

Schon in der nächsten halben Stunde brettern sie auf der Autobahn Richtung Venlo-Amsterdam. Hier möchten sie nun das ganze
Wochenende verbringen.

Francis steht am Fenster, es klingelt an der Türe und wieder ist es
die Polizei. Francis ist immer noch unwissend bezüglich der letzten
Geschehnisse, denn er hat keine Zeitung bekommen. Die Beamten
erzählen ihm, sie haben den Alten mit dem Hund zum Präsidium
mitgenommen, er konnte aber gleich wieder gehen, weil sie keine
Beweise gegen ihn haben. „Im Trichter des alten Bombenlochs liegen die Kadaver der toten Schafe, das Herz wurde ihnen förmlich
aus dem Leib gerissen, es fehlte bei allen Tieren! Ein grauenvoller
Anblick! Wir haben es hier mit Kannibalismus und einem perversen
Geschöpf zu tun. Wir haben nur einen einzigen Hinweis", meint
der eine Beamte.

„Wer tut den Lämmern so etwas an und schneidet ihnen bei le-
bendigem Leib das Herz heraus, lässt sie qualvoll sterben?"

„Wir haben Reifenspuren auf der Rückseite des Wäldchens gesi-
chert, sie stammen von einem Bundeswehrwagen, denn der Radab-
stand ist breiter wie der eines normalen Geländewagens."

Da kommt auch schon ein großer, geschlossener Lkw über die
Wiese und fährt zum Wäldchen, wo schon der Förster und der
Schäfer auf ihn warten. Der Fahrer steigt aus dem Wagen mit der
Aufschrift: Tierkörperverwertung Ochtendung aus, lässt hinten eine Rampe hinunter, im oberen Teil des Wagens hängt eine Seilwinde mit einem großen Haken. Aber der Haken und die Seilwinde rei-
chen nicht bis zum Tatort, obwohl der Mann mit den neun Fingern
in den letzten Tagen mit seiner Motorsäge einen Weg freigeforstet
hat. Das bedeutet nun, der Mann in der Schutzkleidung muss zu
Fuß die Kadaver aus dem Wald bis zum Auto ziehen. Er reicht dem
Förster und dem Schäfer lange schwarze Gummihandschuhe, welche sie auch gleich anziehen und anschließend alle drei im Wäldchen verschwinden. Riesige Haken haben sie noch mitgenommen.

Der Mann erzählt den beiden, dass er von den Anwohnern der Mosel regelmäßig angerufen wird und tote Schwäne abholen muss, ihnen fehlt nur das Brustfleisch. Es ist fachgerecht herausgetrennt und den Rest des Körpers lassen die Täter einfach liegen. Man nimmt an, die Brüste der Schwäne werden in einem Restaurant als zartes Fleisch eines anderen Tieres deklariert und den Gästen auf dem Teller serviert. Alle drei Männer kommen nun in regelmäßigen Abständen mit einem Kadaver am Haken aus dem Wäldchen, ziehen das tote Etwas hinter sich her über den Boden, ziehen es auf die Rampe, haken es in den Haken der Seilwinde ein, betätigen einen Knopf und es setzt sich automatisch in Bewegung. Dieses Ritual zieht sich wiederholt bis zum frühen Abend hin. Anschließend redet der Mann noch mit dem Schäfer und dem Förster, diese ziehen ihre Gummihandschuhe aus, geben sie zurück, er legt sie ins Auto und fährt Richtung Ortsausgang. Wohin sein Weg mit dem Wagen auch führt, überall liegt der Geruch nach totem Tier und Kadaver hinter ihm. Gerade so wie in einem Massengrab. Der Förster und der Schäfer fahren in die Ortsmitte und gehen gemeinsam in die kleine Gaststätte. „Jetzt brauchen wir einen Schnaps", sagt der Förster zu der Wirtin. Die Wirtin ist eine rothaarige Frau Anfang sechzig mit einer gewaltigen Furche zwischen ihren langen Brüsten. Sie beugt sich über den Tresen und stellt den Schnaps und das Bier für die Männer hin, während die Männer in ihren Ausschnitt schauen. Vorbeischauen kann man bei den Massen nicht, man würde fast erblinden. Sie hängt sich nochmals nach mehreren Gläsern Schnaps und Bier provokant über den Tresen, versucht abermals, ihre Neugierde zu befriedigen, indem sie die beiden ausfragt. „Weiß die Polizei schon etwas Neues, oder haben Sie schon eine Vermutung, wer es sein könnte? Der Alte mit dem Hund ist zwar sonderbar, aber zu so etwas nicht fähig. Er wurde ja auch gleich nach dem Verhör nach Hause geschickt", sagt sie mit ihrer krächzenden Stimme. Sie gibt dann den Männern noch einen

Schnaps aus in der Hoffnung, doch noch etwas zu erfahren. Sie prosten ihr zu, kippen den Schnaps in ihre Hälse und stehen auf. „Die Arbeit ruft!" Sie stehen auf und verlassen die Gaststätte. Zurück bleibt die Wirtin, ohne auch nur einen Schimmer von Neuigkeit erfahren zu haben.

„Komm, ich fahre dich zu deinen Schafen", sagt der Förster zum Schäfer, als die beiden angeheitert in den Jeep steigen.

Der Schäfer meint: „Frauen sind immer so neugierig, nicht wahr, die Wirtin hätte uns am liebsten ausgequetscht wie eine Zitrone."

„Ja, bei ihr ist diese Neigung besonders stark ausgeprägt", antwortet ihm der Förster mit einem Lächeln. „Aber obwohl, sonst ist sie ganz in Ordnung. Trotzdem bin ich froh, noch nicht verheiratet zu sein. Dich will ja auch keine Frau! Du riechst doch immer nach Schafen und Ziegen! Das mögen Frauen überhaupt nicht!"

„Na, du musst es ja wissen. Warum hast du eigentlich keine Frau? Nach was riechst du denn, dass dich niemand möchte?"

„Bei mir ist es der Geiz. Wer will schon einen Mann, der auf dem Geld sitzt wie die Henne auf den Eiern? Thema Frauen beendet! Wir sind da.

„Alle meine Frauen warten schon sehnsüchtig auf mich." Der Schäfer steigt aus, winkt dem Förster kurz zu und geht zu seiner Herde, die schon neugierig am Zaun steht. Die Merinoschafe kommen zu ihm, stellen sich um ihn herum und schauen ihn aus ihren bernsteinfarbenen Augen an, als freuten sie sich, ihn wiederzusehen. Das eine oder andere Schaf schleckt ihm mit seiner rauen Zunge über seine Hände. Eines steht fest: Dieser Mann ist nicht zu einer solchen Tat fähig, er liebt seine Tiere über alles, was nicht zu übersehen ist.

Francis geht an den Briefkasten, um seine Post zu holen. Immer noch keine Nachricht von Ramona! Aber wer steht da am Nachbarhaus? Es ist die Alte, die seit Wochen vermisst wird. Francis traut seinen Augen zuerst nicht. Steht sie da, mit einer Hand hält sie das

Lenkrad des Fahrrads und redet ununterbrochen mit der Nachbarin. Sie trägt eine rote Bluse mit bunten Steinen besetzt, eine rote Hose und eine feuerrote Schlägerkappe dazu. Francis bleibt stehen und schaut diskret auf seine Post, die er in seiner Hand hält, und hört, wie sie mit der Nachbarin redet: „Ich war mit die Möhren von Ahrweiler auf die Keukenhof!" Übersetzt heißt es: Ich war mit dem Karnevalsverein in Holland auf dem Keukenhof. Das reicht Francis, er geht nun wieder ins Haus, während die Alte nur Kauderwelsch erzählt, belanglosen Scheiß. Ganz schön verrückt die Alte! Denn wenn sie keine Neuigkeiten im Dorf erfährt, erfindet sie welche, aber der Wahrheit entspricht glaube ich nicht ein einziges Wort. Grauenvoll solche Menschen! Ihr Mundwerk ist schon waffenscheinpflichtig! Aber auch mit solchen Menschen muss man letztendlich leben. Das Beste ist, man pflegt keinen großen Kontakt zu ihnen. Nach einer halben Stunde stellt sie ihr rechtes Bein auf das Pedal des Fahrrads, hebt ihren voluminösen Körper auf den Sattel, das Lenkrad macht einen kurzen Schlenker beim Anfahren und schon ist sie mit kräftigen Tritten auf die Pedale Richtung Dorf unterwegs. Die Nachbarin sammelt weiter Äpfel, die vom Baum gefallen sind und auf dem Boden im Gras liegen. Sie legt sie vorsichtig in einen Korb und verschwindet schließlich mit den Äpfeln im Keller ihres Hauses. Hier verarbeitet sie die Äpfel zu einem leckeren Mus und füllt es anschließend in Gläser. Sie ist eine ruhige, hilfsbereite, freundliche, sehr nette Frau, hat graues kurzes Haar und trägt ab und zu eine Brille. Ihre Hände sind von der harten Gartenarbeit voller Schrunden und Risse. Aber wenn man ihren wunderschönen Biogarten sieht, so ist man voller Begeisterung. Zwei riesige Walnussbäume bieten im Sommer Schatten, schützen vor Mücken und Fliegen und geben einen überdachten, schattigen Platz zum Erholen. Auf einem zweitausend Quadratmeter großen Grundstück hegt und pflegt sie zahlreiche Kräuter und Gemüsepflanzen. Sie ist eine bewundernswerte Dame. Eine Gärtnerin aus

Leidenschaft. Fast jeden Abend sieht man die Hobbygärtnerin durch ihr Paradies wandeln, als sage sie jeder einzelnen Pflanze Gute Nacht. Wenn man sie so erfahren und geschickt im Umgang mit ihrem Garten beobachtet, so würde man niemals denken, dass ihr gelernter Beruf der einer Sekretärin ist. Francis geht an der Terrassentüre hinaus in den Garten, er nutzt das schöne Wetter, holt seine Motorsäge aus der Garage, füllt sie mit Benzin, spannt die Kette. Er denkt: Brennholz selber sägen, macht Freude und spart Geld, wenn man den körperlichen Einsatz nicht scheut. Er nimmt ein meterlanges Stück Buchenholz vom Stapel, legt es auf seinen selbst gebauten Schneideständer, dann nimmt er die Säge, stellt sie auf dem Boden ab, zieht den Handschutz zur Säge, um die eingerastete Kettensäge wieder zu aktivieren. Er nimmt die laufende Säge fest in seine Hände und lässt die Kette mit Volldampf durch das in Schulterhöhe liegende Stück Buchenholz laufen. So schneidet er den ganzen Nachmittag dreißig Zentimeter lange Stücke, hackt sie anschließend mit der Axt auf dem Hauklotz ofengerecht. Gegen Abend hat er einen riesigen Berg Holz im Garten liegen. Müde, aber auch mit dem Gefühl, körperlich etwas geschafft zu haben, geht er ins Haus. Er steigt in die Dusche, macht sich anschließend im Pyjama etwas zu essen. Er sitzt auf der alten Bank in der Küche mit einem Glas Whisky und schaut zur Autobahn. Aber von Ramona ist nichts zu sehen, weder auf der Straße zum Dorf noch auf dem Parkplatz vor seinem Haus. Sie ruft nicht an, was sie aber versprochen hat. Sie lässt absolut nichts von sich hören. So ist sie! Sie tut immer das, wo ihr gerade der Sinn nach steht. Denkt sich aber nichts Böses dabei. Wahrscheinlich ist sie den ganzen Tag mit ihrer Freundin unterwegs und denkt gar nicht daran, mich anzurufen. Immer nur an sie zu denken und auf sie zu warten, darauf habe ich auch ehrlich gesagt wenig Lust, redet er sich schließlich ein, oder versucht es nur. Warum sie sich nicht einmal bei ihm meldet, sie hat es doch letztendlich versprochen und er hat ihr seine Telefonnummer und die Handynummer aufgeschrieben. Aber was soll es!

Rabenkrähen fliegen tief durch den Garten. In den Farben des Sonnenuntergangs leuchtet der Garten in seiner ganzen Pracht. Mit einem lauten Krächzen, unterbrochen von dem ständigen Klackklack der Autobahn, sitzen die Rabenkrähen verteilt unter Blumen und Sträuchern. Sie scharren und picken stets im Boden herum, setzen sich dann auf den Gartenzaun und beobachten alles, was sich bewegt. Sie haben etwas Mystisches, gerade so, als hätten sie Verbindung zur Anderswelt. Mit ihrer Intelligenz und imposanten Erscheinung beeindrucken sie Francis schon sehr. Er erinnert sich, einmal gelesen zu haben, dass Raben schon früher die Menschen in ihren Bann gezogen haben. Im alten Testament galten Raben als Götterboten. Im Mittelalter standen Hexen und Raben in einer engen Verbindung. Doch irgendwann wendete sich das Blatt gegen sie. Liegt es an ihrer schwarzen Farbe? Oder an ihrer Vorliebe für Aas? Sie kreisen täglich über dem kleinen Wäldchen und nähren sich an den Fetzen der Kadaverreste der toten Lämmer. Gibt es eine Verbindung zwischen den toten Tieren und den Raben? Genug von der Philosophie der Raben, bevor es noch zum Aberglauben führt. Francis geht in sein Büro. Er setzt sich an seinen alten Schreibtisch, auf den vergammelten, mit einem großen Loch gekrönten ockerfarbenen Ledersessel. Der Sessel ist so alt wie Francis, denn auch er zeigt seine ersten Gebrauchsspuren. Aber diese Rarität gegen einen neuen einzutauschen, der Gedanke kommt Francis nicht im Endferntesten, er möchte mit diesem Stuhl alt und grau werden. So hat man eben seine Lieblingsteile, denkt er. Er macht den Computer an, wählt die Tabelle mit den Ein- und Ausgaben. Er hasst diese Seite. Umso länger er draufblickt, umso mehr stellt er fest, dass im Moment seine Ausgaben die Einnahmen doch drastisch überschreiten. Vor einem halben Jahr hat er von seinem

Freund, dem Galeristen, den letzten großen Scheck erhalten. Langsam braucht er nun Nachschub. Kurzum ruft er ihn im Laden an.

„Hallo, alter Junge! Ich grüße dich. Was hast du auf dem Herzen?"

„Ich brauche langsam einen Scheck von dir für meine Bilder."

„Sag mir, in welcher Höhe, dann überweise ich dir morgen das Geld."

„So zehn Mille kann ich gebrauchen."

„Kein Thema, habe es mir schon notiert, morgen, spätestens übermorgen bist du wieder ein reicher Mann."

„Das will ich auch hoffen."

„Ich habe Kunden, wir hören voneinander. Tschau bis bald!"

So ist er, denkt Francis. Und tatsächlich, zwei Tage später ist der Scheck bei Francis auf dem Konto eingegangen. Man kann sich eben auf seinen besten Freund verlassen. Francis setzt sich an seinen Schreibtisch, nimmt die unbezahlten, sich schon länger stapelnden Rechnungen und überweist die außenstehenden Beträge schweren Herzens, aber es muss ja sein, wenn man weiterhin Strom, Wasser, Fernseher, Auto und vieles mehr haben möchte. Er ist ein Künstler, ein romantischer, eher praktischer Mensch, kein Wunder, dass er den Schreibkram hasst. Soll mein Steuerberater sich doch um alles kümmern, er wird ja schließlich dafür bezahlt. Sein Geld hat sich, nachdem alle Rechnungen überwiesen sind, auf dem Konto drastisch minimiert. Aber es besteht kein Grund, auf einen guten Whisky oder eine Importzigarre in nächster Zeit zu verzichten. Man lebt ja schließlich nur einmal. Ich lebe in dem Heute, dem Jetzt. Wer weiß, was morgen ist? Luxus ist für Francis ein Fremdwort. Mal hat er Geld, mal kreist der Pleitegeier über ihm, es ist ein ständiges Auf und Ab in seiner Geldbörse, aber es stört ihn nicht im Geringsten. Künstler sind eben andere Menschen! Reichtum hat für sie nichts mit dem Kontostand zu tun. Ein Mensch ist reich, wenn er geistig fit, kreativ, glücklich und zufrieden mit sich und der Welt ist. Und das ist Francis nun mal. Er fährt einen alten Geländewagen, der aussieht, als hätte er schon mehrere Kriege und Schlachten überlebt. Damit ist er schon durch ganz Europa gefahren und er hat ihm als Schlaf- und Wohnraum zugleich gedient. Er wird ihn niemals eintauschen gegen ein neues Auto. Er besorgt sich hin und wieder ein neues Teil und lässt es einbauen. Auf diesen Sound beim Anlassen möchte er niemals verzichten. So hat eben auch ein Künstler seine Marotten. Francis überlegt, was er mit dem angebrochenen Abend machen soll. Nach Bonn fahren? Zu Hause herumhängen? An seinem angefangenen Gemälde weitermachen? Nach kurzer Überlegung entschließt er sich für das Letztere. Jeden Abend verbringt er nun wieder wie früher mit malen. Es ist vielmehr ein Ablenkungsmanöver als Arbeitseifer. Er fragt sich ständig, warum Ramona sich nicht bei ihm meldet? Sie ist nicht einkalkulierbar! Unberechenbar! Aber gerade das macht sie auch so interessant! Ein Paradiesvogel, wie er im Buche steht. Oder der Vogel ist nur eine Fassade, hinter der sich die wahre Ramona versteckt?

Nach einer Woche klingelt es noch spät bei Francis an der Türe. Er öffnet und Ramona umarmt ihn. Sie lässt ihn fast nicht mehr los, sie flüstert ihm ins Ohr: „Ich fahre nun nie wieder fort, alles hat nun ein Ende!"

„Schön, dich zu sehen, warum hast du dich nicht gemeldet?"

„Ich habe Angst wegen der Polizei, hat man den Täter gefunden?", fragt sie schüchtern.

„Nein, außer den Reifenspuren hinter dem Wäldchen haben sie keinen Anhaltspunkt. Sie führen von der Bundesstraße über den Feldweg, der neben einem großen Sumpfgebiet neben dem Wäldchen herführt, mit einem normalen Auto aber nicht zu befahren ist."

Sie erzählt Francis, dass sie ihre Freundin aufgesucht hat, um die Scheidung von dem Monster, ihrem Noch-Ehemann, einzureichen. Und dass nun alles seinen Weg geht und sie bald frei ist, ihr Martyrium endlich ein Ende hat. „Niemals mehr wird er mich in seiner Villa vergewaltigen, mich schlagen, demütigen oder erniedrigen!" Ihre Stimme bebt, wenn sie über ihn redet.

Francis nimmt sie zärtlich in seinen Arm und sagt: „Alles wird gut, meine Liebe!"

„Gleich morgen geht ein Brief vom Anwalt heraus, dass ich nie mehr zurückkomme, die Scheidung möchte und dass mehrere Zeugen von seinen Misshandlungen wissen und gegen ihn aussagen werden!"

Das kleine Wäldchen wird nun täglich vom Förster mit Gewehr und Hund begangen. Auch heute fährt er über die Wiese, steigt aus, schultert sein Gewehr, einen Doppelbüchsdrilling, und geht ins Wäldchen. Das Gewehr hat drei Patronen und der untere Lauf ist mit einer Schrotkugel besetzt. Der vordere Abzug, ohne Rückstecher, löst immer in der Reihenfolge rechts-links die Kugelläufe aus. Der hintere Abzug ist für den Schrotlauf zuständig. Er sichert beide Abzüge mit einem Griff auf dem Kolbenhals.

Die Gemeinde hat nun beschlossen, das Wäldchen zu durchforsten, Wanderwege zu errichten, sodass es in Zukunft für jedermann mühelos begehbar wird. Es ist ein kleines Naturschutzgebiet mit zahlreichen Vogelarten, Dachsen, Eulen, Greifvögeln, Damwild und Sauen. Ein nächtlicher heftiger Regenschauer reinigt die Luft und vertreibt den Verwesungsgeruch. Ruhe ist wieder im beschaulichen Dörfchen eingekehrt. Der Schafschlächter wurde nicht gefasst, aber es werden auch keine weiteren Tiere vermisst. Francis steht im Garten unter dem alten, noch mit Blättern behangenen im Spätherbst goldschimmernden Ahornbaum. Der Winter hält nun langsam Einzug. Rebhühner tummeln sich am Rande des Feldweges und ihre Hähne balzen. Der Revierförster hat eine Revierkarte angelegt und dort die Anzahl der Paare eingetragen. Der Revierruf des Hahns ähnelt dem knarrenden Geräusch eines rostigen Türscharniers. An sonnigen und windstillen Tagen, ganz so wie heute, rufen die Rebhühner am intensivsten. Nach der Zählung gibt der Förster den Überschuss zur Bejagung frei. Alles im Dorf nimmt nun seinen gewohnten Lauf. Der Mann mit dem Hund geht immer noch täglich ins Wäldchen. Er hat der Polizei damalig ausgesagt, er beobachte das Wild dort täglich, aber nur vom Rande des Waldes aus, tief hinein wäre er noch nie gegangen. Ansonsten wäre er ja stets von Dornen zerkratzt gewesen. Für die Beamten war das plausibel und sie glaubten ihm. Zu einer solchen Tat ist er nicht fähig! Man soll aber niemals vergessen, dass er früher Fremdenlegionär war. Francis überlegt seit geraumer Zeit, wer als Täter infrage kommt. Aber alles vergebens, ohne auf einen Verdächtigen zu stoßen. Was ist mit dem Förster, dem sonderbaren Kauz? Was ist mit dem Mann mit den neun Fingern, der stets im Wald unterwegs ist, um Kaminholz zu machen? Das ruhige Ehepaar aus dem Holzhaus am Wald? Nein! Was ist mit dem Schäfer? Nein, der tut seinen eigenen Schafen das doch nicht an! Vielleicht einer der Landwirte aus dem Ort? Nein, die sind alle nett! Vielleicht ist es gar kein Mann, sondern eine Frau! Aber die muss total daneben sein! Francis erinnert sich daran, einmal in einem Buch von einem Kriminologen gelesen zu haben, dass laut Statistik die Männer die brutaleren, unberechenbaren Mörder sind. Die Frauen aber die intelligenteren. Es hat in der Vergangenheit Frauen gegeben, die im Laufe ihres Lebens mehrere Männer umgebracht haben und nur wenige solcher Morde sind durch einen Zufall aufgedeckt worden. Sie vergifteten die Männer mit dem Pflanzenschutzmittel E605, oder mit einem starken Beruhigungsmittel. Der Hausarzt, der den Totenschein anschließend ausstellte, kreuzte als Todesursache die eines natürlichen Todes an. Denn die kleinen Dosen Gift im Essen waren nicht nachweisbar! So blieben manche Mörderinnen ihr Leben lang unerkannt! Mensch, warum hegt man nur solche Gedanken? Denkt Francis dabei ein kleines bisschen an Ramona? Nein, nicht im Entferntesten, sie ist niemals in der Lage, einem Menschen etwas Böses anzutun. Sie hat zwar manchmal eine unüberlegte Art an sich, aber so macht sie sich nur interessant.

Heute, an einem sonnigen Wintertag, laufen zahlreiche Wanderer den Streuobstwiesenlehrpfad. Zweitausend Obstbäume stehen auf den Wiesen verteilt, ein wichtiger Beitrag zur Erhaltung der Obstsortenvielfalt. Der Bauer aus dem Dorf auf dem Nachbargrundstück fährt mit seinem Chevrolet-Pickup unter die Streuobstbäume, die so voll mit Äpfeln hängen, sodass man glaubt, dass jeden Moment die Äste unter der schweren Last zusammenbrechen. Er nimmt einen langen Stock, steigt auf die Ladefläche des Wagens und schlägt mit aller Kraft mit dem Stock in die Äste des Apfelbaumes. So macht er es, bis alle Äpfel auf der Ladefläche des Wagens liegen. Leuchtend rote, zitronengelbe und grüne. Eine bunte Palette. Er fährt dann nach getaner Arbeit mit vollem Auto Richtung Dorf. Es waren die letzten Äpfel, er bringt sie in die Mosterei für Saft. Die anderen Bauern haben schon längst im Oktober und November die Äpfel mit Körben von der Leiter aus gepflückt und sorgfältig geerntet.

Der Tod der Frau auf der Kanzel und das brutale Vergehen an den Lämmern hängt wie ein dunkler Schatten über dem beschaulichen Ort. Da passiert Jahrzehnte nichts in dem idyllischen Ort und dann gleich mehrere schreckliche Taten. Man fürchtet jederzeit eine neue Tat. Der Schäfer verbringt nun Tag und Nacht bei seiner Herde. Die Tiere hat er nachts in einem Pferch. Frieda und Flocke, die einzigen Ziegen in der Herde, laufen auf der Weide herum. Der Schäfer verbringt die Nacht in seinem Schäferkarren auf der Wiese. Am Morgen nimmt er trockene Brötchen, reißt Stücke davon ab und füttert sie den beiden Ziegen. Sie sind besonders zahm und fressen ihm aus der Hand, weil er sie mit der Flasche großgezogen hat. Sein alter Hütehund Fritz springt aus dem Schäferkarren und rennt zur Herde, als der Schäfer den Pferch öffnet. Er läuft an den Schafen auf und ab und passt auf, dass kein Tier aus der Reihe tanzt, während der Schäfer Mineralfutter verteilt. Man könnte meinen, sie haben mehr Respekt vor Fritz als vor dem Schäfer. Der Schäfer setzt sich nun auf einen Baumstumpf, nimmt sein Brot, beißt hinein, trinkt aus der Thermokanne eine heiße Milch und macht es sich gemütlich. Viele bernsteinfarbene Augen blicken ihn dabei an, es sind seine Schafe, die ihre Köpfe recken. Von der frischen Luft hat der Schäfer rote Wangen, gerade wie ein Apfel, der neben ihm am Ast des Baumes hängt. Er liebt sein freies Leben und möchte mit niemandem tauschen. Seine Tiere und die Natur sind ihm das Wichtigste.

Ramona wohnt nun für immer bei Francis, so haben beide ihr Glück gefunden. Wider Erwarten hat ihr Ehemann sofort in die Scheidung eingewilligt, obwohl Ramona dies nicht versteht. Es passt gar nicht zu seinem brutalen Profil, ohne den geringsten Widerstand der Trennung zuzustimmen. Francis freut sich, dass Ramona sich hier so gut eingelebt hat und den Glamour der Stadt überhaupt nicht vermisst. Sie ist ja sozusagen von der Grand Dame zur Landfrau geworden. Die Vielfalt der Natur ist ihr in der Stadt nie aufgefallen, es war ein total anderes Leben. Das letzte Porträt von ihr hat Francis nicht verkauft, es hängt nun im Eingangsbereich und beiden gefällt es so.

Heute, am Samstag, findet ein Dorffest statt. Francis und Ramona gehen verliebt, sich an den Händen haltend ins Dorf. Alle Bewohner sind auf dem Dorfplatz vor der Kirche gegenüber der kleinen Kneipe. Jeder Bauernhof ist schön geschmückt und bietet seine Köstlichkeiten an. Es gibt Wildschwein am Spieß gebraten, selbst gemachte Marmeladen, Honig vom Bienenhof, selbst gebackenes Brot, Wein, Likör, Sekt, Bier, Saft. An einer Ecke steht die freundliche Frau aus dem Holzhaus am Wald mit ihrem Stand. Sie bietet ihre selbst hergestellten Broschen und Gestecke aus Ähren zum Verkauf an. Verschiedene Musikgruppen treten auf der kleinen Bühne vor dem Pfarrhaus auf. Ramona tanzt alleine auf der Straße, dabei lacht sie laut und schrill, genau wie damals, als Francis sie kennenlernte. Sie reicht Francis beide Hände, strahlt ihn aus ihren dunklen Augen an, wirft dabei lässig ihre Haare nach hinten und tanzt mit ihm über die Straße. Während die Männer ihr sehnsüchtige Blicke zuwerfen, tratschen die Weiber hinter ihrem Rücken. Aus ihren Blicken geht jeder noch so gehässige Gedanke hervor. Anscheinend haben sie im Laufe der Zeit ganz vergessen, was Liebe ist. Die rothaarige Wirtin schaut Ramona ins Dekolleté, Körbchengröße C85, denkt sie, während sie ihre schweren Brüste in die Hände nimmt und in die riesigen Schalen legt. Sie gleichen weißen langen Schläuchen, aber den Förster reizen sie, denn seine Blicke starren unaufhaltsam auf ihre Oberweite. Wenn er könnte, wie er wollte? Aber die Nacht ist ja noch lang. Das Fest geht bis in die Morgenstunden. Leicht angeheitert gehen Ramona und Francis nach Hause. Plötzlich schreckt Ramona zusammen, sie glaubt, das Auto ihres Exmannes vor dem Haus gesehen und beim Fortfahren ihn hinter dem Steuer erkannt zu haben. Ein schwarzer Hammer rast den Feldweg hoch zur Bundesstraße. Sie nimmt schnell Francis an der Hand und denkt, es ist unmöglich, es kann nicht sein! Das macht sicherlich der Wein. Es ist wie eine Halluzination. Sie sagt nichts zu Francis, weil sie glaubt, es ist unmöglich! Als sie später im Bett liegt, fragt sie sich vor dem Einschlafen, ob sie langsam durchdreht, denn in letzter Zeit sieht sie öfter ihren Mann in Gedanken in Verbindung mit den toten Lämmern. Der Schweiß steigt ihr bereits aus allen Poren ihres Körpers, mit feuchten Handflächen zieht sie das Federbett bis über ihre Nase. Am Morgen sitzt sie mit Francis am Esstisch in der Küche, ihr Zucken in den Wagen hat sie nicht unter Kontrolle. Francis fragt sie dann leicht zögerlich: „Was ist los mit dir? War es dir gestern Abend zu spät? Hast du zu wenig oder zu schlecht geschlafen?"

„Nein, nein, es ist alles o.k.", erwidert sie kurz und bündig.

Es liegt Francis auf der Zunge, noch einmal nachzuhaken, aber er lässt es sein. Er spürt förmlich, dass hier etwas nicht stimmt, denkt aber gleichzeitig, sie wird es ihm schon sagen. Sie sieht unglücklich aus und ängstlich, denkt er und lässt sie deshalb in Ruhe. Er geht ins Atelier und versucht das zweite Porträt fertigzustellen. Es gelingt ihm im Laufe der nächsten Stunden, anschließend berät er sich mit Ramona, ob sie es behalten oder zum Verkauf anbieten. Sie lacht schrill und ruft: „Verkaufen wir es, schauen wir einmal, ob ich etwas wert bin?"

Francis schaut sie an. So spontan, ohne darüber nachzudenken, das ist eben Ramona, wie sie leibt und lebt! Sie versteht es, Sätze ihrem Mund entspringen zu lassen, wo man sich manchmal fragt, wie sie den Sinn wohl meint! Am Abend, nachdem sie mit dem Galeristen telefoniert haben, beschließen sie, noch mit dem Bild nach Bonn zu fahren. Sie steigen in Wangen ein, fahren auf der B9 am Rhein entlang über Remagen, Rolandseck, Bad Godesberg bis in die Innenstadt von Bonn. Sie parken das Auto in der Stadthausgarage, gehen über den Friedensplatz zum Verkaufsraum des Galeristen, das in ein Tuch gehüllte Porträt unter dem Arm. Vor der Galerie macht Ramona plötzlich einen Rückzieher: „Ach, Francis, geh doch lieber alleine herein, so kann ich noch einen Bummel durch die Stadt machen. Wo treffen wir uns denn?"

„In der Kaiserpassage, du gehst an Sinn Leffers vorbei, überquerst den Münsterplatz und dann siehst du die Passage schon."

Sie drückt ihm einen Kuss auf seine Wange mit den Worten: „Ich werde es schon finden! Bis später dann!"

Francis steht noch da, sieht ihr nach und denkt: Sie ist schon teuflisch, diese Frau. Man glaubt, man kennt sie, im nächsten Moment jedoch ist sie auf und davon. So gibt sie immer neue Rätsel auf! Während er ihr noch nachschaut, ist sie mit ihren lila Stiefeln und ihrem schwarzen Mantel in der Menge, die sich vor dem Rathaus auf dem Obst- und Gemüsemarkt tummelt, verschwunden.

Francis betritt die Galerie seines langjährigen Freundes, der schon hinter ihm die Türe verschließt: „Hallo, Bernd, ich grüße dich!" Seinen vertrauten Griff in den auf dem Tisch stehenden Humidor nach einer guten Zigarre macht Francis obligatorisch und zündet diese an.

„Ein Ascher steht auf der Fensterbank", sagt Bernd grinsend.

„Whisky, Cognac oder Aquavit, was möchtest du lieber?"

„Wenn du mich schon fragst, dann nehme ich lieber einen Whisky!"

Bernd öffnet den Kühlschrank, entnimmt eine Box mit Eiswürfeln, wirft sie in die Gläser, obwohl Francis den Whisky immer ohne Eis trinkt, egal. Sein Mund ist schon ganz ausgetrocknet. Die beiden prosten sich so heftig zu, dass die Eiswürfel in den Gläsern klingen. „Zeig mir Junge, was du diesmal Schönes für mich hast?"

Francis enthüllt das Porträt, Bernd ist im ersten Moment sprachlos. „Du Glückspilz, wer hat dir denn da Modell gestanden? Hast du etwas mit ihr?"

„Was habe ich?", fragt Francis.

„Na, du weißt schon", fragend schaut er ihm dabei ins Gesicht.

„Ach, wenn du das meinst, Ramona ist nicht nur meine Geliebte, sondern demnächst auch meine Frau!" Ein leicht stolzer Blick beflügelt ihn bei seinen Worten, wobei ihm ein lausbubenhaftes Lächeln über sein Gesicht fährt.

„Also doch, alter Junge, du bist ein Glückspilz, du bist zu beneiden, ich hoffe, ich werde auch zur Hochzeit eingeladen!"

„Du wirst es rechtzeitig erfahren."

„Alter Junge, aber je länger ich mir das Bild anschaue, desto mehr glaube ich die Dame zu kennen, aber ich komme nicht darauf, woher." Diese Worte von Bernd erfreuen Francis nicht gerade. Er drückt seine Zigarre im Ascher aus, leert sein Glas und hat es plötzlich sehr eilig. Er geht zur Türe, Bernd schließt sie auf.

„Mach es gut, alter Junge, ich melde mich bei dir!"

Francis dreht sich nochmals um: „Und sollte dir noch etwas zu Ramona einfallen, so lass es mich wissen!"

Dann geht er forschen Schrittes über den Platz am Rathaus vorbei zur Kaiserpassage. Beim Betreten der Passage sieht er Ramona auf der Treppe stehen, sie streckt ihren Po leicht heraus und drückt ihre Nase an der Scheibe des Schuhladens platt, um die Preise an den italienischen Schuhen zu erkennen. Sie bräuchte eine Brille, aber der Stolz siegt. Francis stellt sich hinter sie, umfasst ihre Taille, sie erschrickt und lacht aber zugleich. Tief in die Augen blickend fragt er sie dann: „Sind welche dabei, die dir gefallen?"

„Ach, eigentlich nicht, aber diese hier sind sehr schön, aber eben auch sehr teuer." Es sind schwarze Lederschuhe mit einer Sonne und einem Mond darauf. Francis nimmt ihre Hand, zieht sie in den Laden, obwohl es ihm beim genauen Betrachten des Preisschildes fast schwindlig wird. Die Verkäuferin holt nach einem kurzen Gespräch den zweiten Schuh aus dem Fenster, es ist das einzige Paar in der Größe von Ramona. Sie zieht ihre lila Stiefel aus und die Schuhe an, geht einige Schritte darin durch den Raum, graziös über den roten Teppichboden.

„Okay?", fragt Francis sie und geht zur Kasse. Wenige Minuten später gehen beide aus dem Laden, Ramona mit ihrer Tüte in der einen Hand und Francis in ihrem anderen Arm eingehängt.

„Nun fahren wir aber ganz schnell nach Hause, Schatz", sagt sie und lächelt ihn dabei liebevoll an. Zu gerne hätte Francis noch ein kühles Bier und ein warmes Essen zu sich genommen. Aber Ramona möchte schnell nach Hause. Warum? Francis weiß ehrlich gesagt auch nicht, ob sein Geldbeutel heute noch so ergiebig ist.

„Ein Eis können wir noch essen", sagt er, während ihm das Wasser im Mund alleine schon beim Anblick der leckeren Eissorten zusammenläuft. Aber es besteht für ihn nicht die geringste Chance einer Abkühlung, denn Ramona zieht ihn weiter Richtung Auto. „Das Parkhaus macht jetzt zu!" Wenige Minuten später rast Ramona mit ihrem roten Flitzer über die Autobahn Richtung Koblenz. Francis sitzt stumm neben ihr und denkt: Was ist sie manchmal für ein Mensch? Bin ich etwa ein Trottel geworden? Nun kommt ihm wieder der Gedanke. Was hat sie einmal gesagt: SIND WIR FRAU-EN SO BEGEHRENSWERT, DASS IHR MÄNNER BEREIT SEID, ALLES ZU GEBEN, SOGAR DAS LEBEN? Was dieser Satz wohl zu bedeuten hat? Nun denkt er an die Worte seines Freundes, den Galeristen. Wer ist diese Frau wirklich? Vielleicht kenne ich sie doch nicht so gut, wie ich annehme? Rätselhaft ist sie schon! Aber vielleicht sind Frauen eben so? Zu Hause angekommen, die Mäntel aufgehängt setzt Francis sich ins Wohnzimmer auf die Couch. Er traut seinen Augen nicht! Es geschehen tatsächlich noch Zeichen und Wunder. Ramona steht vor Francis, schenkt ihm ein Weizenbier ein, sie hat zuvor einen Teller mit belegten Broten auf den Tisch gestellt. Francis setzt das Glas an, es zischt, wie das lang ersehnte kühle Nass seine trockene Kehle hinunterläuft. Nun setzt sie sich neben ihn auf die Couch, dabei fallen ihr kurze Zeit später die Augen zu.

Am nächsten Morgen beschließen beide, eine Tagestour mit dem Auto von Ramona nach Bad Münstereifel zu machen. Ramona ist gerne mit Francis unterwegs und sie liebt es, wie jede Frau, wenn ihr Mann Zeit für sie hat und sich um sie bemüht. Sie ist schnell in ihren roten Pullover geschlüpft, zieht ihre Wanderschuhe zur Jeans an, wirft den Parka über den Arm. Beim Hinausgehen nimmt sie ihre Handtasche, schließt das Auto auf und huscht hinein. Francis ist etwas träger, er nimmt seinen Anorak vom Garderobenhaken, schaut noch in die Küche, ob der Kaffeeautomat ausgestellt ist, schließt dann die Türe ab, drückt noch einmal dagegen, um sich zu vergewissern, ob sie wirklich zu ist, und geht ganz gemütlich zum Auto. Ramona hat schon den Motor laufen und ihr Fuß spielt schon unruhig mit dem Gaspedal. Im nächsten Moment düsen sie schon Richtung Bad Neuenahr-Ahrweiler, denn das schöne Tal mit den idyllischen Restaurants und den Weinbergen rechts und links der Straße fasziniert beide schon seit längerer Zeit und sie nehmen gerne die längere Fahrzeit über Land statt Autobahn in Kauf. Den Maler Francis fasziniert der Augenblick: das Spiel der Wolken, der Wechsel des Lichts, die Bewegungen des Wassers. Keiner kann das Leuchten des Lichts so natürlich auf die Leinwand bringen wie er, findet Ramona immer wieder. Er zeigt die Wirklichkeit so, wie er sie im Augenblick wahrnimmt. So im Laufe der Unterhaltung meint Ramona dann plötzlich: „Wie verdreht ist doch die Welt, wenn man es als Frau versteht, sie auf den Kopf zu stellen? Und wie leicht ist das? Ein kleines Lächeln, ein verführerischer Blick unter den Wimpern hervor, ein Wiegen der Hüften und die Männer fallen einer Frau zu Füßen. Es gäbe weniger Sünden auf der Welt, wenn die Männer etwas vernünftiger wären."

„Aber sie sind alle dumm und nur Wachs in den Händen einer Frau, die es versteht, sie sich um den Finger zu wickeln. Schön, wie du über die Männer denkst", sagt Francis leicht pikiert. „Mit anderen Worten, du denkst, ich sei ein Trottel?"

„Aber nein, das würde ich doch nie und nimmer auf dich beziehen. Du bist da die absolute Ausnahme!"

„Du verstehst es, an so einem wunderbaren Tag einem die gute Laune zu verderben! Warum, Ramona?"

„Warum? Verzeih! Es kam mir gerade so in den Sinn."

„Was dir immer gerade so in den Sinn kommt, vielleicht solltest du einmal überlegen, was du sagst, bevor du die Worte ausspuckst."

„Du hast ja so recht, eins zu null für dich, Francis. Kann ich es wiedergutmachen, wenn ich dich nun zum Essen einlade? Francis, was meinst du? Das Restaurant auf dem Hügel dort, wäre das nicht wunderbar?" Dabei hat sie schon den Blinker zum Abbiegen gesetzt und fährt kurze Zeit später rechts ab. Der Schotter auf dem Parkplatz knirscht unter ihren Reifen, während sie schon in einer freien Nische einparkt. Die Inneneinrichtung des Lokals ist in einem hellen Gelb gehalten, man fühlt sich hier gleich beim Eintreten wohl. Man hat außen sowie auch innen das Gefühl, die Linien, sie verschmelzen ineinander zu einem Ganzen. Hier ist die Illusion vom Landleben perfekt. „Nehmen wir den Tisch dort in der Ecke, Francis? Man hat von dort aus einen wunderschönen Blick ins Ahrtal und in die Weinberge!"

„Ja, ja, es passt schon!" Gerade sitzen sie, da kommt schon eine der Bedienungen. Sie trägt ein rotes Dirndlkleid mit einer weißen Spitzenbluse darunter, eine ebensolche weiße Schürze eng um ihre Taille gebunden und bringt die Speisekarte.

„Was möchten die Herrschaften denn trinken?", schallt es mit einer dominanten Stimme durch den Raum. Sie ist Mitte dreißig, trägt einen blonden Zopf und lächelt bei ihrer Frage Francis an. Der, noch leicht gereizt, grinst sie provokant an, aber nur, um Ramona damit zu treffen, in Wahrheit steht er ja nur auf dunkelhaarige Frauen. Aber heute hat Ramona eine Retourkutsche verdient, denkt er sich.

„Was möchtest du trinken, mein Schatz?"

„Ein Wasser", erwidert Ramona mit spitzer Zunge.

„Ich nehme ein Glas Wein, einen trockenen roten bitte", fügt Francis lässig hinzu. Die Bedienung lächelt Francis freundlich an, zwinkert mit ihrem rechten Auge und geht zurück zur Theke, wo sie ihren Bon mit der Bestellung aufgibt. Ramona ist das gar nicht recht. Francis sitzt mit geschlossenen Augen da und grübelt. Wie eine Python, schillernd schön und am Ende tödlich, denkt er, als er beim Öffnen seiner Augen Ramona so anschaut.

Als könnte sie seine Gedanken lesen, rutscht sie dicht neben ihn, nimmt ihn in den Arm und haucht ihm zärtlich ins Ohr: „Ich liebe dich, Francis!"

Sein Arm umfasst ihre Taille: „Ich dich auch!"

„Hast du schon das Essen gewählt?"

„Ja, einen großen Salatteller und nachher ein Eis, ja, das möchte ich."

„Dann nehme ich ein Rumpsteak mit Salat und Pommes frites, aber kein Dessert."

Die Kellnerin nimmt die Bestellung auf und entschwindet diesmal ohne ein Lächeln in Richtung Theke. Zwischen Ramona und Francis herrscht wieder Harmonie. Nach dem Essen bemerkt Francis: „Das Haus hier, gefällt es dir?"

„Ja, es ist sehr schön, alles so mit Bäumen und Blumen, man glaubt, es zerschmilzt zu einem Ganzen mit der Umgebung und der Natur."

„Schön hast du das gesagt", meint Francis mit leicht mit Stolz erfüllter Stimme. „Es wurde erbaut nach den Architekten Gaudi und Hundertwasser, sagt dir das etwas?"

„Lass mich einen Moment überlegen, mein Schatz, es fällt mir ganz bestimmt gleich ein. Kommen sie nicht aus Österreich? Einer von ihnen kommt aber ganz sicher aus Wien. Und der andere aus Spanien. Ich glaube aus Barcelona?"

„Fast korrekt, lass uns zahlen, denn wir wollen ja schließlich noch in Bad Münstereifel ankommen", sagt Francis zu ihr.

„Müssen wir das? Es ist aber doch so schön hier!"

Nach einer kurzen, intensiven Diskussion beschließen sie spontan, den Rest des Tages hier zu verbringen mit einer Wanderung über den Rotweinwanderweg. Prall hängen noch vereinzelt Trauben an den Reben und genießen die Wintersonne. Entweder wurden sie bei der Lese vergessen oder aus ihnen wird Eiswein gemacht, diese zwei Möglichkeiten bieten sich an. Goldfarben und rot schimmert das Weinlaub rechts und links in den Weinbergen. Francis würde am liebsten diesen Anblick auf der Leinwand festhalten. Er kann es jedoch in seinen Gedanken, denn die Leinwand steht im Atelier. Ramona macht ihre makabren Witze, albert herum, gerade wie ein Teenager. Auf dem steinigen Weg läuft sie einige Meter voraus, sie scheint außer Rand und Band zu sein. Sie kichert wie ein Küken, sodass die entgegenkommenden älteren und jüngeren Wanderer kurz stehen bleiben und mitlachen. Sie breitet ihre Arme aus, läuft über den Schotterweg Francis gerade so in die Arme. Der hebt sie hoch und dreht sich im Kreis mit ihr, da ist es wieder, ihr schrilles, teuflisches Lachen. „Ach, heute möchte ich die Zeit anhalten", sagt sie und lächelt Francis dabei verführerisch an.

Francis, der Realist von beiden, meint nur: „Ich bin auch sehr glücklich und froh, dich kennengelernt zu haben. Du bist das Licht und die Sonne in meinem Leben. Das ist ein Kompliment!"

Gegen Abend kommen sie in dem Ort Rech im Ahrtal an, gehen über die Brücke, wo der heilige Nepumuk sie in Form einer Statue im Vorübergehen anschaut. Nach einem Bummel durch den Ort, der ganz im Zeichen der lieblichen Reben mit den romantischen Gassen in eine träumerische, verspielte Idylle zerschmilzt, beschließen sie, hier nun aber nicht mehr einzukehren, obwohl mehrere Straußwirtschaften und Weingüter gerade dazu einladen. Den Weg zurück zum Auto möchten sie noch vor Einbruch der Dunkelheit beenden, denn für eine Nachtwanderung kennen sie sich hier zu wenig aus. Ramona klagt über Schmerzen in den Waden, während Francis immer wie im Gleichschritt neben ihr hergeht. Ihm scheint das Wandern nicht so viel auszumachen, er ist ja auch ein Mann, denkt sie.

„Francis, du fährst aber zurück", sagt sie. Ist da etwa ein Hauch von Erschöpfung in ihrer Stimme zu erkennen?

„Wenn du möchtest und mir deinen Wagen anvertraust, dann gerne", erwidert Francis mit einem freundlichen Lächeln im Gesicht. Schon lässt sie sich auf den Beifahrersitz neben Francis fallen.

„Es war ein wunderschöner Tag, aber ich freue mich nun auf etwas zu essen zu Hause und ein warmes Bett!"

„Na, dann wollen wir einmal ordentlich aufs Gas drücken", dabei tritt Francis das Pedal bis zum Anschlag. Doch Ramona kann heute nichts mehr, aber überhaupt nichts mehr erschüttern. Zu Hause angekommen parken sie auf dem Stellplatz vor dem Haus und beobachten noch Lichter oder Taschenlampen am kleinen Wäldchen. Aber um noch hinzugehen und nachzuschauen, sind sie doch beide zu müde. So gehen sie ins Haus. Francis deckt den Tisch und macht einen Teller mit Käse- und Wurstbroten, während Ramona mit zwei Tassen heißem Tee mit braunem Kandiszucker aus der Küche kommt. Francis nimmt sich ein Brot mit Käse und isst es mit Appetit. Er denkt an die Zeit, als er noch in Bonn studierte und sich abends von Wirtschaft zu Wirtschaft schlich und sich kurz vor dem Nachhausegehen noch einige Brote bestellte. Er hatte zwar beim Betreten die Speisekarte immer im Aushang gelesen, aber aus Geldmangel zuletzt doch immer Käsebrote bestellt. Meistens hatte man ihm zu vorgerückter Stunde immer etwas mehr auf den Teller gegeben, wahrscheinlich aus purem Mitleid, weil er so furchtbar dürr war. Wenn er dann noch zusätzlich eine Tagessuppe gratis dazubekam, so hätte er diese seinem Wohltäter am liebsten ins Gesicht geschüttet, wenn er nicht einen solchen Hunger gehabt hätte.

Auch Ramona tut es gut, zu sitzen, ein einfaches Mahl zu essen und zu trinken. Nach der langen Wanderung und dem herrlichen Tag schmeckt es ihr so gut wie schon lange nicht mehr. Vor dem Zubettgehen schauen sie noch einmal Richtung Wäldchen am Küchenfenster hinaus. Die Lichter sind nun weg und das Dunkel der Nacht ist wie ein Blick in die ewige Finsternis, selbst die Umrisse und Schatten der Bäume sind nun nicht mehr zu erkennen. Ramona sagt mit müder Stimme: „Ich mag die Dunkelheit nicht, liebe die Sonne und das Licht! Sie hat etwas Unheimliches, ja Mystisches, etwas Unberechenbares, finde ich."

„Es ist wie bei der Malerei, Licht und Dunkel wechseln sich ab und der Übergang von dem einen zum anderen ist geradezu faszinierend, finde ich", entgegnet Francis, aber auch er möchte nun nicht mehr diskutieren, nur noch schlafen.

Am nächsten Tag tummeln sich gegen Mittag einige Autos auf der Wiese im Neuschnee. „Was ist denn da schon wieder los?", fragt Francis einen der Männer, die vor seinem Haus parken.

„Haben Sie in den letzten Tagen etwas beobachtet? Ist Ihnen etwas aufgefallen?", fragt ein mit einem schwarzen langen Mantel und Hut bekleideter bärtiger Mann. Sein Alter ist durch das von einem schwarzen Vollbart überwachsenen Gesicht schwer zu erkennen. „Haben Sie jemanden beobachtet, der sich sonst nie dort aufhält?"

„Nein, mir ist niemand besonders aufgefallen. Alles wie immer", erwidert Francis leicht gereizt darüber, dass man ihm auf seine Frage keine Antwort gibt. Ramona tritt vors Haus und hört gespannt zu. Die Männer gehen Richtung Wäldchen. Der über Nacht gefallene Schnee knirscht unter ihren Schuhsohlen und es beginnt erneut in kleinen Flocken zu schneien. Wie in einem Wintermärchen erscheint die Landschaft in ihrer weißen Pracht. Die letzten Blätter sind leise von den Bäumen gefallen, Nebel hängt über den Gärten und der Atem formt kleine Wolken in der kühlen Winterluft. Die Natur scheint verschwiegen und stumm, unheimlich und distanziert, gerade so, als will sie sich von uns Menschen abwenden. Ramona geht und füttert die Vögel im Vogelhaus im Vorgarten, sie hängt Schmalzknödel mit Nüssen für die Meisen auf und streut Sonnenblumenkerne für die restlichen Vögel aus. Drei Kolkraben sitzen auf der alten Antenne auf dem Dach des Hauses und beobachten Ramona bei der Fütterung. Anschließend geht sie ins Haus, nimmt eine Beinscheibe vom Rind aus dem Kühlschrank, schneidet Gemüse und Kräuter klein, gibt alles in einen Suppentopf hinein, wirft noch eine Handvoll gemischter Gewürze hinterher und lässt alles auf dem Herd langsam köcheln. Es lässt ihr jedoch keine Ruhe. Sie fragt sich ununterbrochen: Was ist dort schon wieder geschehen? Francis treibt sich währenddessen draußen auf der Straße herum. Die Kapuze von seinem Anorak hat er sich über den Kopf tief ins Gesicht gezogen, sodass nur noch seine Augen, Nase und

Mund zu sehen sind. Er schiebt den Besen vor sich her, bahnt sich einen Weg durch den Neuschnee, eher eine Beschäftigungstherapie, denn kleine Flocken tanzen vom Himmel und lassen sich sanft auf dem gerade frei gekehrten Weg nieder. Es ist nun Zeit, aus dem Fenster in den Garten und auf die winterliche Landschaft zu schauen, Francis zu betrachten mit einer heißen Tasse Kräutertee in der Hand, das genießt Ramona förmlich.

Francis watet währenddessen durch den Schnee, immer gespannt, etwas zu hören, was im Wäldchen passiert ist. Im Haus fängt Ramona nun mit der Adventsdekoration an. Sie versucht ihre Gedanken zu verdrängen, indem sie sich in Arbeit stürzt. Sie platziert Kerzen im ganzen Haus, sogar an den unmöglichsten Stellen stellt sie sie ab. Dann nimmt sie den Korb mit den großen Kieferzapfen, die sie vor einer Woche im Wald mit Francis gesammelt hat, denn mit brennenden Kerzen wirken sie besonders schön, nicht nur auf dem Tisch. Tannenzweige und rote Winteräpfel geben sich als krönender Abschluss ein Stelldichein. Nach kurzer Zeit duftet es nach Wald im ganzen Haus. Draußen ist der Schnee in Regen übergegangen. Es nieselt. Die Natur zeigt sich nun grau in grau, kein Wetter, das Freude auf einen Spaziergang macht. Ramona schaut aus dem Küchenfenster, klopft an die Scheibe und winkt Francis, er solle doch ins Haus kommen. Der winkt ab und zeigt auf die Männer, die nun auf dem Rückweg sind und zu ihrem vor dem Haus geparkten Auto kommen. „Kann mir denn niemand sagen, was da los ist?", fragt er freundlich.

Einer der Männer, seine Jacke ist total durchnässt, schaut ihn an und sagt: „Eine tote Frau wurde im Sumpf am Ende des Wäldchens gefunden. Mitte dreißig, sie wurde brutal ermordet. Vorher hat der Täter sie noch vergewaltigt, unter ihren Fingernägeln befanden sich Spuren von Fleischresten. So haben wir DNA-Spuren von dem Täter, vorausgesetzt, das Labor kann sie sicherstellen. Sie muss sich sehr gewehrt haben, dann stach der Täter mehrmalig mit einem

Schlachtermesser auf sie ein und schnitt ihr das Herz aus ihrer Brust heraus, es fehlt bis heute und wurde nicht gefunden. Weiter fehlt der Frau der rechte Fuß. Es sieht gerade so aus, als hätte ein Tier ihn vom Unterschenkel abgebissen. Es war ein grauenvoller Anblick, der sich uns dort bot. Die Polizei geht davon aus, der Täter hat das Herz als Trophäe mitgenommen. Noch tappen wir völlig im Dunkeln, wir sind auf Hinweise aus der Bevölkerung angewiesen. Vielleicht ist in Andernach, Rheinbach oder Umgebung einer aus der Klinik oder dem Gefängnis ausgebrochen, oder es wird jemand vermisst. Bis dato ist alles möglich."

„Kennt man die Tote?", fragt Francis, „Und weiß man schon, wo sie herkommt?"

„Nein, noch nichts dergleichen. Konkrete Hinweise aus der Bevölkerung sind sehr wichtig für uns. Wenn Sie etwas hören, hier ist meine Visitenkarte." Er reicht ihm die Karte, zieht seine triefnasse Jacke aus, setzt sich ins Auto und fährt Richtung Dorf. Francis blickt auf die Karte: Kommissar Peter Steinmeier, Kripo Koblenz! Francis hat das Entsetzen über die Tat noch in seinem Gesicht stehen, zieht seine Schuhe aus und geht ins Haus, wo Ramona ihn schon neugierig erwartet.

Er erzählt ihr von dem grausamen Fund der Frauenleiche im Sumpf gleich hinter dem Wäldchen. Voller Entsetzen blickt Ramona ihn an: „Dann läuft also mit anderen Worten hier ein Mörder frei herum, das macht mir Angst, Francis!"

„Mir auch, glaube es mir, wenn möglich, gehe nicht alleine spazieren oder ins Feld und gib immer gut acht auf alles!"

„Ja, das werde ich, hoffentlich hat die Polizei den Täter bald gefasst. Der Gedanke, dass ein Mörder vielleicht mitten unter uns hier in der Umgebung lebt, macht mir panische Angst!"

In den nächsten Tagen bleiben der Obstlehrpfad und die umliegenden Wanderwege fast menschenleer. Rabenkrähen ziehen ihre Kreise über dem Wäldchen, krächzen unaufhaltsam, gerade als würden sie die Totenmusik spielen gleich einer Trauerarie für die verstorbene Frau. Sie hängen wie eine schwarze Wolke über dem Wäldchen, wo ihr Kraa-kraa laut und krächzend ertönt. Es geht den ganzen Tag unaufhaltsam weiter. Francis schließt das Küchenfenster, er kann das Klagelied nicht mehr ertragen, der Gedanke an den noch frei herumlaufenden Mörder belastet ihn schon sehr. Besonnen sitzt er im Atelier und zieht an seiner Zigarre. Der Himmel wird duster und dunkle Wolken schieben sich über den Ort. Der Schnee ist zu einer matschigen, lehmigen Masse geworden. Francis nimmt sich die Zeitung zur Hand, es gibt nichts Neues in dem Mordfall. Ramona kommt mit einer Mistel herein, die sie im Garten aus dem alten Apfelbaum geschnitten hat. Sie hängt sie über dem Türeingang auf. In der Vorweihnachtszeit soll die eigensinnige alte Zauberpflanze Glück bringen. Ramona denkt schon nicht mehr an den Fund der Leiche. Francis hingegen macht sich Gedanken und wünscht sich, dass der Mörder bald gefasst wird. Aber wer begeht so eine abscheuliche Tat, fragt er sich ständig? Der Mann oder die Frau muss gestört sein, denn ein normaler Mensch ist dazu nicht in der Lage, aber wer ist es? Den Lämmern fehlte auch das Herz, erinnert sich jetzt Francis, vielleicht besteht ein Zusammenhang zwischen den grausigen Taten?

Gegen Morgen wird Ramona durch ein Geräusch geweckt. Erschrocken setzt sie sich in ihrem Bett auf und versucht in der Dunkelheit des Schlafzimmers etwas zu erkennen. Doch alles ist wie immer, die Uhr tickt auf dem Nachttisch und unterstreicht die Ruhe im Raum. Doch jetzt hört sie es wieder, einen schwachen, schnappenden Ton, der vom Fenster herkommt. Sie springt aus dem Bett, reißt den Vorhang zur Seite. Das weiße Mondlicht flutet herein und glitzert auf einem Gegenstand, der vor ihr auf dem Boden liegt. Es ist ein Bowiemesser mit chinesischen Schriftzeichen. Ramona schreit laut auf, Francis fragt schlaftrunken: „Was ist denn los?"

„Was los ist, ich habe Geräusche gehört und wollte nachschauen, was los ist, und dann sah ich das!" Francis springt auf und eilt zur Terrassentüre, drückt den Lichtschalter an, in Sekunden ist der Garten hell erleuchtet. Eine dunkle Gestalt läuft durch den Garten, dreht sich kurz um, dann verschwindet sie hinter den Bäumen Richtung Bach. Ramona glaubt, die Gestalt an der Figur erkannt zu haben. Aber sicher ist sie sich nicht, denn sie denkt schon wieder an ihren früheren Mann. Verdammt, es kann doch nicht sein! Es ist völlig unmöglich. Werde ich langsam verrückt? Ist es mein Gefühl, das mir etwas sagen möchte? Oder ist es der blanke Hass auf diesen Menschen, der mich langsam zerfrisst? Vielleicht ist alles doch eine Wahnvorstellung? Ramona, bleib ruhig, ganz ruhig!, sagt sie sich und atmet tief durch. Nach dem ersten Schrecken gewinnt sie schnell ihre Fassung wieder, ruft die Polizei an und schaut auf die Uhr. Vier Uhr in der Früh! Francis geht nun hinaus in den Garten, aber weit und breit ist niemand mehr zu sehen. Er geht zum Bach hinunter und sieht, dass ein Loch in den Zaun geschnitten wurde. Er dreht sich um und eilt zum Haus, wo zwischenzeitlich die Polizei schon eingetroffen ist. Die Polizei schaut sich um und entdeckt, dass das Badezimmerfenster aufgehebelt ist. Das Bowiemesser nehmen sie mit Einweghandschuhen auf und stecken es in eine Plastiktüte. Von dem Täter fehlt jedoch jede Spur. Ramona und Francis tun kein Auge mehr zu, sie bleiben schon auf, setzen sich in die Küche und trinken einen starken schwarzen Kaffee. Angst macht sich bei Ramona breit. Was wollte der Mann mit dem Messer, wollte er sie im Schlaf überraschen und umbringen? Darf das alles noch wahr sein? Ramona wird den Gedanken nicht los, an der Figur des weglaufenden Täters ihren Exmann erkannt zu haben. Sie sagt es Francis. Der meint dann, sie könne doch keinen Menschen einfach beschuldigen, wenn sie ihn nicht genau gesehen und erkannt hat. Obwohl sie sich absolut sicher ist, informiert sie auf Francis Anraten die Polizei nicht über ihre Vermutung. Diese haben noch eine

Zigarettenkippe auf der Terrasse aufgehoben und mitgenommen. Francis ruft um acht Uhr schon den Fensterbauer an, er soll das Fenster instand setzen oder gleich ein neues einbauen. Der will gleich vorbeikommen. Francis geht derweil in den Garten und repariert den kaputten Zaun. Ramona verdrängt den Gedanken, dass jemand sie umbringen wollte. Vielleicht wollte er sie bedrohen und ausrauben. Sie hat in der Zeitung erst kürzlich gelesen, dass ganze Diebesbanden unterwegs sind jetzt vor Weihnachten, einbrechen, ausrauben und Autos auf Bestellung stehlen. Auch hier in der Umgebung ist dies allgegenwärtig, wie jedes Jahr. Also sagt sie sich, in Zukunft müssen wir wachsam sein! Da klingelt es schon an der Haustüre, sie blickt aus dem Fenster und sieht das Auto des Fensterbauers mit seiner Beschriftung vor dem Haus parken. Sie öffnet ihm die Türe, da kommt schon Francis aus dem Garten und zeigt ihm das besagte Fenster. Er meint, er komme im Moment nicht mit der Arbeit nach, es gäbe so zahlreiche Einbrüche. Am Abend ist alles wieder repariert, aber ruhig schlafen, das können die beiden nicht. Nach einer Woche, nicht mehr allzu lange bis zum Weihnachtsfest, räumt Francis sein Büro auf. Ramona fragt sich, ob sie ihre und Francis' Bekannte auch alle mit einer Weihnachtskarte bedacht hat. Okay, sie geht nun in die Küche, nimmt Butter, Eier, Milch, Nüsse und Zucker, gibt alle Zutaten in eine Backschüssel und vermischt alles kräftig, bis ein fester Knetteig daraus wird. Nun nimmt sie das Backblech aus dem Ofen, fettet dieses ein und setzt mit der Hand kleine Haufen aus Teig auf das Blech. Anschließend schiebt sie diese in den vorgeheizten Backofen. Aufgeregt blickt sie auf die Küchenuhr, dabei denkt sie: Hoffentlich gelingen meine Plätzchen, es ist schließlich das erste Mal, dass ich backe! Francis minimiert seine ungeordneten Papierberge im Büro nach dem Motto: Überflüssige Sachen sind nur Ballast, also weg damit. Vom Klingeln seines Handys wird er nun unterbrochen, er geht dran und sein Freund, der Galerist aus Bonn, ist in der Leitung: „Hallo, alter

Junge! Mir ist heute Morgen eingefallen, woher ich deine Freundin auf dem Porträt kenne. Es war vor zwei Jahren. Ich war auf einem Empfang in Düsseldorf bei einem Industriellen in seiner Villa eingeladen. Das Ganze fand in dem an das Haus angrenzenden Park statt. Unter einem weißen Pavillon im Park spielte eine Band, der Alkohol floss in Strömen, das Büfett wurde vom Hausherrn eröffnet, an seiner Seite standen mehrere leicht bekleidete hübsche Frauen, unter anderem deine Freundin, da gibt es keinen Zweifel. Später forderte ich deine Freundin zum Tanz auf, aber weiter bin ich nicht gekommen, denn anschließend landete ich im angrenzenden Teich mit einer blutigen Nase. Eine geballte Faust, es war ohne Zweifel die Handschrift des Hausherrn, traf mich mitten ins Gesicht. Ich kroch mithilfe einiger mir zu Hilfe herbeigeeilten Gäste aus dem Wasser. Die belehrten mich eines Besseren, nämlich die Frau des Industriellen weder anzuschauen noch zum Tanz aufzufordern, er betrachte sie als sein Eigentum. Triefend nass ging ich dann zu meinem auf dem Privatparkplatz parkenden Auto, setzte mich ans Lenkrad und sah zu, dass ich schnell nach Hause kam. So, alter Junge, nun kennst du eine Geschichte mehr von mir, aber sei bitte äußerst vorsichtig, hörst du, der Typ ist unberechenbar, möchte nicht statt zu deiner Hochzeit zur Beerdigung kommen. Bis dann, man hört voneinander!"

Francis geht nun in seinem Büro auf und ab, es gibt ihm zu denken, denn so ein Mensch willigt nicht einmal gerade so nebenbei in seine Scheidung ein, das kann er sich nun auch nicht vorstellen. Vielleicht hat Ramona doch recht mit ihren Vermutungen? Wenn er es war, der im Schlafzimmer stand und das Bowiemesser zurückließ? Vorsichtig sollten wir nun allemal sein, denkt er. Aber Ramona möchte er nichts sagen, sie ist in letzter Zeit schon ängstlich genug. Im nächsten Moment ruft Ramona ihn zum Kaffee und zur Kostprobe ihrer selbst gebackenen Plätzchen. Sie legt die kuschelige rotweiße Patchworkdecke, die aus vielen weihnachtlichen Motiven zusammengesetzt ist, über die Holzbank, die in der Küche an einem kleinen alten Tisch steht, und lässt sich anschließend darauf nieder. Auf der feuerroten Tischdecke stehen drei rote Äpfel, denen das Gehäuse entfernt und durch grüne Kerzen mit eingesteckten kleinen Tannenzweigen ersetzt wurde. Ihre Flammen brennen leuchtend und schimmernd und die Tannenzweige erfüllen den noch vom Geruch des Backens betörten Raum. Francis setzt sich auf die Bank neben Ramona, sie hat schon Gebäck und Kaffee für ihn bereitgestellt. „Das Gebäck ist köstlich! Der Kaffee kommt mir gerade recht, denn draußen ist es feucht, nass und kalt", sagt Francis, seine Hände zittern und er schüttelt sich. Die Harmonie der beiden wird durch einen dumpfen lauten Ton gestört, das Telefon klingelt. Ramona schreckt fürchterlich zusammen, ängstlich geht sie zum Telefon, hebt ab und eine verzerrte Stimme am anderen Ende der Leitung sagt: „Gehen Sie ruhig schlafen, genießen Sie jede Minute, denn es könnte Ihre letzte sein!"

„Wer sind Sie? Was wollen Sie?"

„Ein guter Freund, ich möchte Sie nur warnen!"

„Das reicht, Sie Arschloch", schreit Ramona in den Apparat. Es ist, als höre sie ein lautes Lachen, sie ist sich sicher, es ist ihr Exmann, er war auch der nächtliche Besucher in ihrem Schlafzimmer und vergaß absichtlich das Bowiemesser. Francis steht nun neben ihr. Sie hat aufgelegt, aber nun ist sie sich absolut sicher. Er ist der Mann, der sie in jener Nacht besucht hat. Francis versucht sie zu beruhigen, aber es gelingt ihm nicht. Nun beschließen sie, abwechselnd zu schlafen, und einer hält Wache, denn wenn er etwas hört, so kann er gleich die Polizei in Remagen anrufen. Francis geht am späten Abend noch mal ums Haus. Alles ist ruhig, auf der Terrasse liegt ein toter Buntspecht, das war das dumpfe Geräusch vor dem Telefonat, der Vogel ist gegen die Fensterscheibe geflogen und hat den Aufprall nicht überlebt. Francis geht wieder ins Haus, überzeugt sich vorher noch, dass alle Fenster und Türen gut verschlossen sind. Nie zuvor haben sie die Rollos heruntergelassen. Es ist das letzte Haus, niemand kann ins Haus schauen. Also bis jetzt bestand kein Grund zur Panik. Das hat sich nun aber doch geändert, denn von nun an werden bei Einbruch der Dunkelheit im ganzen Haus die Rollos heruntergefahren. Ramona soll in der Nacht schlafen und Francis über Tag. So geht sie nun ins Schlafzimmer und legt sich ins Bett, während Francis ins Atelier nebenan geht, um sein neues Porträt, das eines Buddhas im Garten, fertigzustellen. Ramona tut jedoch kein Auge zu. Nun heult der Wind noch ums Haus und klappert an den Fenstern. Sie sitzt aufrecht im Bett und hört den Geräuschen gespannt zu. Sie zittert am ganzen Körper, während der Sturm durch die Bäume im Garten peitscht, es ist, als will er ihr etwas sagen. Pfeift er das Lied vom Tod, denkt sie, springt auf und rennt nebenan ins Atelier. Sie klammert sich an Francis und hockt sich auf das Podest. Wo sie sonst so glücklich in Pose stand, hockt sie nun und kauert vor sich hin wie ein ängstliches kleines Kind mit erschrockenem Blick in ihren sonst so wunderschönen dunklen rehbraunen, großen Augen. Ein Bild des Schreckens und der Angst, denkt Francis, wenn er sie so dasitzen sieht. Zugleich muss er sich aber eingestehen, auch ihm ist nicht mehr freudig zumute, auch er hat Angst. Wie soll es weitergehen? Es geht bestimmt dem einen oder anderen Menschen im Dorf ebenso, das letzte Jahr ist hier einiges passiert! Wann hat das alles wieder ein Ende und es kehrt wieder Ruhe ein? Erst dann, wenn der Mörder gefasst ist. Wer ist es? Ein Landwirt? Der Schäfer? Der Förster? Der Mann mit den neun Fingern? Der Mann von der freundlichen Frau im Holzhaus am Waldrand? Der Mann, der im Pfarrhaus wohnt? Oder ist es doch der frühere Mann von Ramona? Vielleicht ist es auch ein ganz Fremder? Vielleicht verdächtigen die Leute im Dorf ja auch mich, wer weiß das so genau? Beide haben kein Auge zugetan in dieser Nacht, aber so kann es nicht weitergehen! Am nächsten Morgen liegt vierzig Zentimeter Schnee, der

Wind heult immer noch und es herrscht eisige Kälte. Ramona und Francis beschließen nun, der Polizei alles zu erzählen, denn so eine schlaflose, grauenvolle Nacht soll sich nicht wiederholen. Francis holt die Visitenkarte, wählt die Nummer und der Beamte von der Kripo kommt noch am Vormittag zu ihnen hin.

Heute, Mittwoch, um elf Uhr klingelt es an der Haustüre, zwei Beamte stehen vor der Eingangstüre. Francis öffnet ihnen und bittet sie, im Wohnraum Platz zu nehmen. Der eine ist ein dicker, kleiner Mann. Er trägt eine Brille ohne Fassung auf der Nase, er hat graues, lichtes Haar und rote Wangen. Er trägt eine dunkelbraune Breitcordhose und einen braungemusterten Strickpullover mit einem Schalkragen, dazu braune Lederschuhe und eine braune Lodenjacke. Der zweite ist ein schlanker, dürrer Mann mit Glatze und markantem Gesicht. Er trägt eine schwarze Jeans mit schwarzgemusterten Cowboystiefeln und einen roten Pullover aus Schurwolle mit einem V-Ausschnitt, einem rot karierten Hemd darunter, darüber eine grüne Barbour-Jacke. Beide sind aber unbekannt, sie waren damals nicht bei der Tatortbegehung dabei. Sie setzen sich nebeneinander auf die Couch, Ramona bringt ihnen etwas Gebäck und eine Tasse Kaffee. Francis beginnt von den Lämmern zu erzählen, denn damit fängt alles an. Dann die tote Frau auf der Kanzel, die aber nichts mit den anderen Taten zu tun hat. Der toten jungen Frau aus dem Sumpf gleich neben dem Wäldchen. Das alles ist den Beamten aus den Akten bekannt. Ramona erzählt nun von ihrem Exmann aus Düsseldorf, dass er einen schwarzen Hammer fährt und dass sie glaubt, ihn vom Haus wegfahren gesehen zu haben, als sie spät mit Francis vom Dorffest kam. Die Polizei hat doch Spuren eines Wagens hinter dem Wäldchen nach dem Fund der toten Lämmer gefunden. Sie ordneten sie einem Bundeswehrwagen zu wegen des breiteren Radabstands. Aber können sie nicht von einem Hammer gewesen sein? Jetzt erzählen beide vom Einbruch in der Nacht, dem vergessenen Bowiemesser und dass Ramona glaubt, die

Figur ihres Exmannes erkannt zu haben. Ganz sicher ist sie sich seit dem Telefonat. Der Beamte mit der Glatze hat alles mitgeschrieben.

„Habe ich Ihnen schon gesagt, die Tote wohnte in Köln in der Stadtmitte, sie war Studentin und traf sich ständig mit Internetbekanntschaften. Ihren Computer haben wir mit dem Einverständnis der Angehörigen sichergestellt, aber das Ergebnis liegt uns noch nicht vor. Nun zu Ihrem Mann. Wie sieht er aus? Haben Sie ein Foto von ihm?"

„Nein", sagt Ramona schüchtern, „das habe ich nicht, aber ich kann ihn beschreiben: Er ist fünfundvierzig Jahre alt, ein Meter fünfundachtzig groß, hat dichtes, blondes Haar, nach hinten gekämmt und trägt meist eine Designerbrille mit Aufschrift am Brillenbügel. Er ist tadellos gekleidet, meist Markenanzüge mit passendem Hemd und Krawatte, darüber trägt er einen schwarzen oder braunen langen Ledermantel, manchmal einen hellbeigen Popelinemantel mit hellem Hut. Er hat ein sicheres, bestimmtes Auftreten, ein perfektes Benehmen in Gesellschaft, aber privat ist er ein perverses Schwein, brutal, gewalttätig, cholerisch, unberechenbar und dominant. Das können einige seiner Bekannten bestätigen." Ramona nimmt einen Zettel vom Tisch und schreibt von den Bekannten Adresse und Telefonnummer auf. Beweise für den Mord an der Frau aus Köln habe sie leider keine!

„Es ist schwer, jemanden so zu beschuldigen, ohne jegliche Beweise in der Hand zu haben, verstehen Sie mich bitte nicht falsch", sagt der dicke Beamte dann. „Also können Sie nichts machen, aber uns haben Sie doch sehr mit Ihrer Aussage geholfen. Wir werden prüfen, ob die Reifenspuren von einem Hammer sein können und uns dann mit der Kriminalpolizei in Düsseldorf absprechen, weil sie dann dafür zuständig ist." Er wirft Ramona einen tröstenden Blick zu: „Ich verstehe ihre Angst durchaus, aber uns sind die Hände gebunden, aber ich verspreche ihnen, dass wir unser Möglichstes tun, um der Sache auf den Grund gehen."

Ramona gibt ihnen die Adresse von der Villa in Düsseldorf und ist etwas beruhigt, sie glaubt, die Beamten werden ihn überführen. Sie haben auch DNA-Spuren von den weggeworfenen Zigarettenkippen und der toten Frau aus dem Sumpf, das alles stand auch kürzlich in der Tageszeitung. Nur die Person, von der sie stammen, die ist noch ein Phantom für die Polizei, aber vielleicht nicht mehr lange?

„Sie haben uns glaube ich schon sehr geholfen", meint der Beamte mit der Glatze, trinkt seine Tasse mit dem Kaffee in einem Zug leer, steht auf, verabschiedet sich. „Vielen Dank, Sie hören von uns, sobald wir etwas wissen." Der dicke Beamte greift noch mal in den Teller mit dem Gebäck, „ich darf doch?".

„Aber bitte", sagt Ramona mit einem leichten Grinsen im Gesicht. Francis begleitet die Beamten bis zur Türe. Draußen liegt Schnee, sie waten durch den kniehohen Schnee davon. Die Ängste der letzten Nacht sind etwas vergangen, vor allem Ramona ist nun sehr erleichtert, dass die Polizei informiert ist. Sie werden ihn schon überführen, denkt sie. Sie umarmt Francis, setzt sich neben ihn, nimmt die Karaffe mit Rosenlikör und schenkt sich ein etwas größeres Gläschen davon ein.

„Heute Nacht wirst du gut schlafen!"

„Francis, du passt gut auf mich auf, nicht wahr?"

„Das werde ich ganz bestimmt!"

Nach einiger Zeit entschließen sie sich, ins Bett zu gehen, denn nach einer Nacht wie der letzten sind sie fertig und total erschöpft. Der Regen peitscht die ganze Nacht unaufhörlich gegen die Fensterscheiben, doch beide schlafen so fest, man könnte sie wegtragen, sie bemerkten es nicht.

Heute Morgen ist der Himmel mit dusteren, schwarzen Wolken verhangen, die Luft ist eisig und eine klirrende Kälte legt sich über den Ort. Ein kräftiger Nordostwind treibt ununterbrochen große Schneeflocken vor sich her. Ein Grund mehr, die Wohnung nur im

Notfall zu verlassen, Gedanken, die Ramona beschäftigen, aber sie hat nach dem Genuss von Rosenlikör hervorragend geschlafen. Seit sie mit der Polizei gesprochen hat, ist ihre Angst bis auf wenige Momente zu ertragen. Sie trägt heute eine schwarze Jeans mit einem pinkfarbenen Twinset und rote Hüttenschuhe. Ihre Haare zu zwei Zöpfen geflochten sitzt sie auf der alten Holzbank, ihrem Lieblingsplatz in der Küche, und überlegt. Sie denkt mit einem Stift in der rechten Hand darüber nach, was sie einkauft und wie sie das bevorstehende Weihnachtsfest mit Francis verbringt. Ab und zu notiert sie sich alles in Stichpunkten auf dem auf dem Tisch liegenden Block. Die Kerze flackert, die Tannenzweige duften und der Raum schwelgt in einem geradezu orientalischen Duft, der nicht zuletzt von einem Teller auf der Fensterbank mit drei mit Gewürznelken gespickten Orangen, Zimtstangen und Sternanis hervorgeht. Während Ramona versucht, sich zwanghaft auf alles zu konzentrieren, ist Francis mit einem großen Korb in der Hand im Garten verschwunden. Er geht hinüber zum Schuppen, um Kaminholz ins Haus zu holen. Obwohl er Gummistiefel und einen Anorak, dessen Kapuze er eng über dem Kopf zusammengezogen hat, trägt, pfeift der Wind ihm ins Gesicht, treibt ihm Tränen in die Augen und er ist froh, den Schuppen erreicht zu haben. Er benötigt seine ganze Kraft, um das alte, schon ganz morsche Tor mit Gewalt zu öffnen. Ein lautes Knarren, ein letzter fester Ruck und er hat es geschafft. Vor ihm huscht eine Spitzmaus durch den Schuppen und verschwindet blitzschnell unter dem Holzstapel, zack, zack. Ihr folgen noch mehrere kreuz und quer durch den Raum. Francis kennt die Bewohner des Schuppens zu gut, er packt seinen Korb voller Holzscheite, geht hinaus und verschließt die Türe mit den gleichen Tücken wie beim Öffnen. Während er mit dem vollen Korb durch den Schnee watet, denkt er, bei dem Wetter soll man normal keinen Hund vor die Türe jagen! Er zieht vor der Türe mit dem Stiefelknecht seine Gummistiefel aus, bringt das Holz auf seinen Platz neben dem Kaminofen, hängt den Anorak an den Haken und geht in die Küche zu Ramona. Beim kleinsten Geräusch erschreckt sie immer noch und schaut ängstlich durch den Raum. Es vergehen einige Tage und das Weihnachtsfest rückt immer näher. Der Ort scheint seinen Winterschlaf zu halten, denn Wanderer sind nur ganz selten unterwegs, kein Wunder, wo ein Mörder frei herumläuft, geht man nicht unbedingt spazieren. Die Einzigen, die ihrer Arien nicht müde zu werden scheinen, sind die Rabenkrähen. Wie eine schwarze Wolke, die sich bewegt, kreisen sie über dem Wäldchen. Tagein, tagaus das gleiche Prozedere. Wenn sie denn nicht auf dem Kamin des Hauses, auf dem Gartenzaun oder in den zahlreichen Bäumen im Garten hocken. Heute der Tag vor Heiligabend. Ramona fährt einkaufen in die nächste Stadt Koblenz. Sie trägt eine hochwertige gestrickte, schwarze Strickjacke, von Hand gearbeitet, mit Ornamentmuster und blauen Blüten bestickt. Es ist ein Unikat aus einer Boutique in Köln, sie brachte sie vom letzten Besuch bei ihrer Freundin mit. Ihre langen schwarzen Haare trägt sie heute zu einem Knoten mit einem blauen Netz darüber, eine hellblaue Jeans und blaue Wildlederstiefel. Im Parkhaus in Koblenz angekommen und einen freien Frauenparkplatz gefunden steigt sie aus, hängt ihre blaue Ledertasche lässig über die Schulter und verschwindet im Aufzug des Einkaufszentrums. Zuerst betritt sie den Zigarrenladen, geht in den Klimaraum und lässt sich beraten. Sie weiß genau, was sie möchte, Montecristo, Cohiba und Romeo und Julietta Zigarren. Sie lässt sie von dem netten Verkäufer noch in Weihnachtsschatullen verpacken, sie sind am Heiligabend für Francis bestimmt. Anschließend bummelt sie noch durch das gut geheizte Einkaufszentrum vorbei an zahlreichen Damenbekleidungsgeschäften, Schmuckläden usw. Die Leute hetzen umher mit Paketen, zahlreichen Einkaufstüten in ihren Händen, als würde es nach den Feiertagen nichts mehr geben. Sie schlagen, schupsen und stoßen mit ihren Ellbogen. Man fragt sich, ist das noch alles normal? Müde vom Laufen entschließt Ramona sich, nun in den überfüllten Einkaufsmarkt zu gehen, um Lebensmittel und Fleisch für die Feiertage zu kaufen. Sie hat nur einen Gedanken: raus aus der von Hysterie getriebenen Meute und so schnell wie möglich nach Hause zu fahren. Systematisch geht sie nun ihren Einkaufszettel durch und geht anschließend zum Zahlen mit ihrer Ware durch eine der vielen Kassen. Genervt fährt sie den voll beladenen Einkaufswagen zu ihrem Auto, schließt es auf und verstaut die Ware im Kofferraum. Anschließend bringt sie den Einkaufswagen zurück, entnimmt ihre Marke, setzt sich total erschöpft ins Auto und verlässt das Parkhaus. Es stellt sich kurz die Frage: Fahre ich über die B9 oder die Autobahn zurück? Im nächsten Moment biegt sie schon auf die Autobahnauffahrt ab, somit hat sich die Frage fast von selbst erledigt. Sie gibt Gas, die Autobahn ist erstaunlich leer, denkt sie und lässt ihren Fuß auf dem durchgedrückten Gaspedal. Sie bleibt auf der Überholspur, was man eigentlich ja nicht soll, zieht so an den rechts fahrenden Lkws links mit Vollgas vorbei, die wie an einer Schnur gezogen einer nach dem anderen in ihrem Rückspiegel verschwinden. Nun erreicht sie die Abfahrt Niederzissen, fast hat sie nun ihr Ziel erreicht. Noch ein Kilometer und sie kommt zu Hause an, Gott sei Dank!

Francis hat sich schon Sorgen gemacht, wo sie so lange bleibt. Er ist zwischendurch ins Dorf zum Bauern gegangen und hat einen zwei Meter hohen Tannenbaum gekauft, bei der Bäuerin einen heißen Glühwein getrunken, anschließend den Baum hinter sich her nach Hause gezogen. Er hat ihn passend gemacht und in Form geschnitten, im Ständer in die vorgesehene Ecke im Wohnraum gestellt und nun hofft er, Ramona hat nichts zu beanstanden. Da knirscht schon der Schnee unter den Reifenspuren ihres Autos. Sie parkt vor dem Haus, steigt mit einem Seufzer der Erleichterung aus, Francis kommt ihr schon entgegen und hilft ihr beim Entladen des Kofferraums. Sie verstauen anschließend die Einkäufe und bestellen sich beim Asiaten im Nachbarort zwei Portionen Glasnudeln mit Hühnerfleisch. Es sind eineinhalb Stunden vergangen, es klingelt an der Türe und endlich wird das Abendessen geliefert. Ramona und Francis liegen bereits im Bett. Francis hat schon nicht mehr daran geglaubt, aber nun wird der Traum von einer warmen Mahlzeit doch noch wahr. Er packt das Essen aus und stellt es mit zwei Gläsern auf ein Tablett, er öffnet eine Flasche Wein und eilt hungrig mit den Köstlichkeiten ins Bett. Beide setzten sich dann im Schneidersitz auf das Bett und dinieren, denn lange genug gewartet haben sie schließlich. „Ich bin müde", sagt Ramona mit leiser Stimme, legt sich hin und schlummert kurze Zeit später, fällt dann Minuten später in einen tiefen Schlaf, ohne etwas mit Francis erzählt zu haben. Der Wind peitscht in der Nacht gegen die Fenster, es stürmt, als treibe ein Orkan sein Unwesen. Neuschnee fällt in der Nacht, gerade mal einen halben Meter hoch. Die beiden haben davon nichts gehört und gesehen, als sie um zehn Uhr morgens erwachen. Gegen Mittag verschwindet Ramona im Keller, kommt mit zahlreichen Kisten und Kartons auf ihrem Arm gestapelt hoch und geht damit ins Wohnzimmer, um dort den Weihnachtsbaum zu schmücken. Francis wirft einen Blick auf den Farbrausch der ölig glänzenden Leinwand. Er nimmt seine Farbpalette und Pinsel in die Hand und beginnt auf der Leinwand mit zügigen, eiligen Strichen, sich voll zu entfalten. Er möchte sein Weihnachtsgemälde bis zum Abend fertigstellen. Ramona verweilt noch voller Spannung an ihrem mit roten Kerzen besteckten Baum. Nun dekoriert sie ihn weiter mit zahlreichen kleinen und großen Strohsternen. Skeptisch geht sie um den Baum herum, nimmt anschließend eine große Kiste, öffnet diese und hat endlich gefunden, was ihr noch zu fehlen scheint. Winzig kleine bis riesengroße rote Kugeln mit weißem feinen Staub bedeckt. Mit einem Lächeln auf ihrem Gesicht schmückt sie nun voller Hingabe den Baum. Um die Spitze herum hängt sie die kleinen Kügelchen und nach unten werden sie sporadisch immer größer. So gefällt ihr das vollendete Prachtstück. Sie bindet sich nun eine weiße Schürze um ihre zarte Hüfte und beginnt Salate für den Abend zuzubereiten, dazu gibt es Straußensteak. Das ist nicht so arbeitsintensiv in der Zubereitung, es geht schnell und man verbringt nicht die meiste Zeit des Abends in der Küche, denkt sie praktisch, wie sie auch durchaus sein kann. Nun legt sie eine weiße Leinendecke auf dem Esszimmertisch aus, stellt einige rote dicke Kerzen auf den Tisch, legt frisches Tannengrün und dicke Zapfen dazu. Francis fragt, ob er ihr noch etwas helfen kann. „Nein, danke, du bist wie alle Männer: Wenn alles fertig ist, bietest du deine Hilfe an!" Oh, das ist ihr so herausgerutscht, nicht, dass er noch beleidigt ist. Aber es ist kein Anzeichen von einer Beleidigung zu entdecken. Alles im grünen Bereich, denkt sie, zündet dann die Kerzen im Baum und auf dem Tisch an. Francis dekantiert zwischenzeitlich den Wein, damit er atmen kann, wie er zu sagen pflegt. Wenige Minuten später sitzen sie harmonisch am Tisch und speisen. Zwei Stunden sind schon vergangen, Ramona bekommt ein Bild vom Bonner Münsterplatz mit einem riesigen Weihnachtsbaum in Öl, der Platz hat ihr so gut gefallen in der Vorweihnachtszeit und Francis dachte, er hält ihn so für sie fest. Sie freut sich sehr und sucht gleich einen geeigneten Platz zum Aufhängen. Sie wäre keine Frau, hätte sie nicht in Sekunden den richtigen Platz gefunden. Das Bild soll auf die Wand neben dem Esstisch, es passt so gut. Francis zündet sich ganz genüsslich eine der von Ramona geschenkten Zigarren an, sie schmecken ihm besonders, weil sie von ihr sind. Aneinandergekuschelt liegen sie später vor dem Weihnachtsbaum auf der Couch und erzählen Geschichten aus ihrer Kindheit. Angeregt unterhalten sie sich, obwohl es längst schon dunkel und spät geworden ist. Es ist tiefschwarze Nacht, Ramona und Francis denken gerade daran, ins Bett zu gehen, als ein Lichtkegel das Wohnzimmer durch die Fenster erfasst. Ein Wagen fährt auf das Haus zu. Vor der Autobahnbrücke hält er und richtet sein aufgeblendetes Licht direkt ins

Wohnzimmer. Ramona und Francis starren ihm erschrocken entgegen. Sekunden verstreichen, ohne dass etwas geschieht. Schließlich wird eine Wagentüre geöffnet und zugeschlagen. Aus dem Licht löst sich eine Gestalt und zugleich bewegt sie sich ins Dunkel der Nacht. Nach einiger Zeit setzt sich das Auto Richtung Bundesstraße in Bewegung. Ramona zittert am ganzen Körper, Francis lässt nun die Rollos herunter, nimmt Ramona fest in seinen Arm, hebt sie hoch und trägt sie ins Bett. „Du musst keine Angst haben, es war sicherlich nur der Förster! Ich passe gut auf dich auf, der wird nie mehr hierherkommen, wenn die Polizei ihm schon auf der Spur ist. Der traut sich nicht mehr! Vielleicht haben sie ihn schon überführt?"

„Das sagst du so, du kennst ihn nicht! Hoffentlich haben sie ihn, aber sie wollten uns doch auf dem Laufenden halten", sagt Ramona mit zaghafter Stimme.

„Das werden sie auch ganz sicher nach den Feiertagen, sonst rufe ich sie nochmals an", entgegnet Francis beruhigend, obwohl es ihm auch leicht mulmig ums Herz dabei ist. Da ist es wieder, das Klackklack der Autobahn. An manchen Tagen, je nachdem, wie der Wind steht, es ist extrem laut zu hören. Francis hebt die Bettdecke hoch und legt sich zu ihr ins Bett. Seine Haare riechen leicht nach dem Rauch der Zigarre, dies stört Ramona nicht, im Gegenteil, sie liebt es. Es dauert nicht lange und sie liegt schnarchend in Francis Arm. Der wartet noch einen Moment, zieht vorsichtig den Arm unter ihr heraus, öffnet die Bettdecke und geht leise aus dem Schlafzimmer. Hätte ich doch nur schon früher die Fenster verdunkelt, hätten wir das Licht des Autos nicht gesehen und der Abend wäre weiterhin so harmonisch und ruhig verlaufen. Er macht sich eben auch seine Gedanken, zumal die Polizei noch keine Entwarnung gegeben hat. Er geht noch einmal kurz ins Atelier, schenkt sich einen Whisky ein, trinkt ihn langsam, lässt sich dabei in den alten braunen Ledersessel in der Ecke fallen. So sitzt er noch da und grübelt, und das am Heiligabend, denkt er. Er beschließt, sich schließlich neben Ramona in sein Bett zu legen und zu schlafen. Morgen sieht die Welt schon wieder ganz anders aus, denn mit dem neuen Tag kommt ein neues Glück, sagt er sich so ganz spontan, bevor auch er in einen tiefen Schlaf versinkt.

Heute, am Weihnachtsvormittag, hat Francis noch eine Überraschung im Ärmel. Er lädt Ramona spontan heute Abend zum Essen ins ein Kilometer entfernte Schloss ein. Die Überraschung ist ihm gelungen, Ramona hegt als Erstes wie jede Frau den Gedanken: Was ziehe ich an??? Die wichtigste Frage überhaupt. „Man kann auch ganz normal in Jeans dort hingehen", sagt Francis und grinst dabei spöttisch.

„Ist das wahr oder sagst du es nur so?"

„Nein, es gibt keine Vorschrift, dass die Herren im Anzug und die Damen in Abendgarderobe zu erscheinen haben."

Ramona hebt ihren rechten Arm und nimmt mit der Hand eine Haarsträhne aus ihrem Gesicht und legt sie zurück hinter ihr rechtes Ohr. „Wir können ohne Auto bei dem schönen Winterwetter zu Fuß dort hinspazieren!"

„Eine gute Idee", meint Francis, „denn so können wir beide ein oder auch zwei Glas Wein trinken und anschließend nach Hause laufen."

„Okay! Es ist gleich fünfzehn Uhr, wir machen uns fertig und wandern los!"

Francis hat kein Problem, er lässt seine Lieblingshose, eine blaue Jeans, seinen blauen Rautenpullover mit V-Ausschnitt, darunter ein weißes Hemd einfach an und schlüpft in seine braunen Wanderschuhe, fertig ist er. Eine halbe Stunde ist nun vergangen, endlich kommt Ramona aus dem Schlafzimmer. Schön, graziös, wie immer, denkt Francis, als er sie so anschaut. Sie trägt eine weiße Hose aus Schurwolle, darauf einen beigen Cashmerepullover mit einem Schalkragen, dazu beige Lederstiefel und einen weißbeigen Schal.

Ihre Haare hat sie im Nacken zu einem Zopf mit einer weißen Kordel zusammengebunden und in ihre schwarzen Haare hat sie lauter kleine funkelnde Klammern mit Sternchen gesteckt. „Gut schaust du aus, Liebes, dann können wir ja losgehen." Sie nehmen ihre Anoraks vom Garderobenhaken und schlüpfen hinein. Francis hat eingeladen, er vergewissert sich nochmals mit einem Griff in seine rechte Hosentasche, ob er auch Geld eingesteckt hat. „Alles klar, wir können", lächelnd reicht er Ramona ihre Tasche. Schon fällt die Türe hinter ihnen zu und sie gehen Richtung Ortsausgang. Sie überqueren die Bundesstraße und gehen auf einem schneebedeckten Feldweg, der geradeaus zum nahe liegenden Schloss führt. Hand in Hand genießen sie die wunderschöne Winterlandschaft. Alles scheint vergessen, die ganze Aufregung der letzten Wochen. Die kalte eisige Luft lässt die Wangen der beiden in einem Purpurrot erscheinen. Handschuhe mitzunehmen, nein, daran hat keiner der beiden gedacht. Ramona steckt ihre linke Hand bei Francis in die Jackentasche und die rechte in ihre. Ihre Hände brennen, sie freut sich, das Ziel fast erreicht zu haben, nur noch hundert Meter und sie sind da. Francis hingegen könnte noch Stunden bei der klaren kalten Luft laufen. Bizarr ragt das Schloss auf einem winzigen Hügel hinaus, rundherum umgeben von zahlreichen alten, mit Schnee bedeckten Bäumen. Ein Bild wie im Märchen. Ramona ist ganz verzaubert, wie in einem Traum. Sie betreten das Schlossgelände, gehen über eine Brücke, die über einen mit Eis bedeckten Wassergraben direkt in den Innenhof des Schlosses führt. Sie klopfen den Schnee von ihren Schuhen. Fasziniert von dem gigantischen Bauwerk betreten sie nun die hell erleuchtete Eingangshalle, in der ein riesiger mit Gold und Weiß geschmückter Weihnachtsbaum steht, er funkelt und glitzert im Einklang mit hunderten kleinen Lichtern. Das Ganze wirkt wie ein Relikt aus längst vergangenen Zeiten.

„Was für ein schönes historisches Gebäude, aus welchem Jahrhundert es wohl sein mag? Weißt du es, Francis?"

„Nein, mein Schatz, vielleicht erfahren wir es ja heute noch."

In der Halle steht ein antiker emaillierter Herd, er dient als Dekoration. Darauf stehen silberne Gefäße in verschiedenen Größen und Formen, sie erinnern Ramona an den Orient und Tausend und eine Nacht. Ein Herr im schwarzen Anzug beobachtet sie die ganze Zeit und nimmt ihre Jacken mit ernster Miene entgegen. Er ist fünfzig Jahre, hat sein lichtes graues Haar zurückgekämmt, trägt hochglänzende Lackschuhe. Ramona muss lächeln. Sie nimmt Francis am Arm, beugt sich an sein Ohr und flüstert hinein: „Der ist ja steif wie ein Brett, er erinnert mich an einen Schauspieler aus einem alten Film."

Francis muss auch lächeln. In allen Räumen glitzert und schimmert es Rot und Gold. Nun betreten sie einen Raum mit Lüftlmalerei an den Wänden, die riesigen Fenster harmonieren geradezu in einem verspielten, aber doch auch sehr edlen Zusammenspiel mit der weihnachtlichen Dekoration. Auf den opulent geschmückten Tafeln befinden sich weiße Satintischdecken mit weißen Rosen und grünen frischen Tannenzweigen, dazu verschieden große grüne dicke Kerzen, dies alles gefällt Ramona sehr. Die Stühle sind Barock, mit feuerroten Polstern. Francis zieht den Stuhl etwas zurück, „bitte schön, mein Schatz." Ramona lässt sich sanft auf das rote Polster nieder, während Francis gegenüber Platz nimmt. Ein ebenso steifer Ober bringt die Speisekarte, er ist aber einige Jahre jünger als der andere, mit den Worten: „Was möchten die Herrschaften zu trinken?"

Francis dann: „Eine Flasche Wein hätten wir gerne."

„Möchten Sie ihn am Tisch dekantiert?"

„Am Tisch dekantiert", meint Francis. „Einen halbtrockenen Rotwein, was können Sie uns empfehlen?"

Er steht da, rattert mindestens zwanzig verschiedene Weinsorten herunter.

„Wir möchten nur einen, den Chateauneuf du Pape, den 97er, bitte." Er ist uns bekannt.

So ganz stilvoll zu speisen, erinnert Ramona an alte Zeiten. Aber heute sitzt sie mit ihrem Liebsten statt der früheren Bestie da, und das gefällt ihr sichtlich, während sie das Hauptgericht gerade serviert bekommen. Nach der Vorspeise, einem Feldsalat mit Weinkäse und Blattsalat mit gebratenen Steinpilzen, folgt nun ein gratinierter Rehrücken mit Birnen und einem Kartoffelpüree mit Ingwer. Es sind nun alle umliegenden Plätze besetzt. Vor ihnen am Tisch steht die rothaarige Frau von der Partnervermittlung im Ort, sie fragt, ob sie sich hinzusetzen darf. Francis blickt Ramona kurz an, sie nickt und lächelt. „Gerne", sagt Francis und blickt der Rothaarigen mit einem freundlichen Lächeln ins Gesicht. Sie bedankt sich höflich und nimmt neben Ramona Platz. Ihr giftgrünes, wallendes Kleid bildet mit dem orangen Schal eine Harmonie zu ihrem roten Haar, sie lässt heute tief in den Ausschnitt ihres Kleides blicken. Alle drei unterhalten sich nach kurzem Kennenlernen angeregt, verbringen einen sehr netten Abend gemeinsam. Ramona erzählt Erlebnisse, die sie mit ihrer besten Freundin hatte, und Gritt, so heißt die nette Rothaarige, berichtet von außergewöhnlichen Leuten, die sie im Laufe ihres Lebens kennengelernt hat. Sie erzählen von Stille, Meditation und über das Kochen verschiedener Menüs.

„Am liebsten würde ich auf einem Schloss wohnen", sagt Gritt. „Mit allem, was dazugehört. Mit traumhaften Möbeln und alten Kaminen und mit Parkett, das unter den Schritten kracht. Mit Baldachinbetten und herrschaftlichen Möbeln."

„Ich liebe Schwarzwälder Kirschtorte", verrät Ramona.

„Die Kirschen, die Sahne, einfach wunderbar! Doch das Köstlichste daran ist der anschließende Schnaps", meint Francis mit einem spitzbübischen Lächeln in seinem Gesicht.

„Habt ihr in der Eingangshalle die schönen Glaskugeln gesehen? Es sind prächtige Frauenbildnisse darauf, mit üppigen schwarzen und goldenen Verzierungen gesäumt. Man merkt gleich, Kunst ist kein Handwerk, sondern Vermittlung von Gefühlen, die der Künstler empfunden hat", sagt Ramona und schaut dabei Francis tief in die Augen. Er ist ja auch ein Künstler mit viel Gefühl. Ramona hat heute eine nette Freundin gefunden, sie haben sich gleich für diese Woche verabredet und Francis kommt eigentlich zu vorgerückter Stunde überhaupt nicht mehr zu Wort. Der Raum leert sich, inzwischen haben fast alle Gäste gezahlt und sind gegangen. Francis bittet den Ober, er ist Österreicher, an den Tisch, öffnet seine Geldbörse, die schon seit einiger Zeit vor ihm auf dem Tisch liegt, und zahlt diskret seine Rechnung. Nun wühlt Gritt in ihrer riesigen Tasche, sie sucht wie immer ihre Börse, findet sie in dem Durcheinander von kleinen Schminktaschen, Schreibblöcken, Stiften usw. Gritt bietet den beiden an, sie mit dem Auto mitzunehmen, denn um Mitternacht nach Hause zu laufen, das muss nicht sein. So nehmen sie das Angebot gerne an. Francis schieben die Damen auf die kleine Rückbank des Minicoopers, wo er seine Beine fast wie eine Zeitung falten muss, um überhaupt etwas bequem sitzen zu können. Zum Glück ist es nicht weit, denkt er, während er so dasitzt. Aber es scheint Ramona und Gritt nicht ernsthaft zu beschäftigen, sie machen ihre Scherze und lachen sich halb tot, während Francis nur einen Wunsch hat, zu Hause anzukommen. Der Wunsch wird ihm erfüllt, Gritt parkt mit knirschenden Reifen vor dem Haus, sie hat die beiden bis vor die Türe gefahren. Gritt und Ramona küssen sich zum Abschied auf die Wange, aber Ramona denkt im Traum nicht daran, Francis aus seiner bedrängten Lage, der Rückbank des Autos, zu befreien.

„Kannst du bitte einmal den Beifahrersitz nach vorne klappen!", ertönt seine Stimme aus dem Hinterhalt.

„Aber gerne, mein Schatz, entschuldige bitte!"

Francis aalt sich heraus, so sind die Frauen eben, denkt er, endlich befreit steht er nun vor der Türe seines Hauses. Er schließt auf und beide bedanken sich nochmals bei Gritt für den schönen Abend. Am nächsten Morgen öffnet Francis die Rollos, man sieht die Hand vor Augen nicht, dicke Nebelschwaden ziehen am Fenster entlang. Die weiße Winterlandschaft, gestern noch traumhaft schön, ist heute nicht mehr zu erkennen. Selbst das Auto vor der Türe sieht man nicht, keinen Baum, kein Haus, keinen Strauch, gleich erinnert Francis sich an einen alten englischen Horrorfilm. Er steht längere Zeit am Wohnzimmerfenster und starrt in den Garten, kann aber gar nichts sehen außer dichter Nebelbänke. Je länger er auf einen Punkt starrt, umso mehr glaubt er, den Umriss eines Menschen zu erkennen. Nein, es kann nicht sein! Wer geht bei diesem Wetter vor die Türe und dann noch bei Fremden in den Garten? Vielleich ist es noch der Rest Wein von gestern Abend? Francis geht nun ins Atelier. Ramona liegt noch im Bett, obwohl es schon fast Mittag ist. Sie hat schon mit Francis im Bett gefrühstückt und beim Blick aus dem Fenster beschlossen, noch etwas zu schlafen. Der Nebel löst sich gegen Nachmittag erst auf und der Blick in den Garten und die verschneite Landschaft erscheint wie eine Fatamorgana am Horizont. Ramona öffnet die Augen, sie glaubt, jemanden am Fenster vorbeihuschen zu sehen, und denkt, es sei Francis, der sich im Garten am Kaminholz herumtreibt. So geht sie in aller Ruhe ins Bad und zieht ihre Jeans mit dem roten Pullover an. Wieder glaubt sie, am Fenster etwas gesehen zu haben. Sie zieht ihre Hüttenschuhe an und geht auf die Terrasse hinaus. „Francis, wo steckst du? Francis, bist du im Holzschuppen?" Sie glaubt, nun das Knarren der alten Türe vom Schuppen vernommen zu haben. Kurz davor, nachschauen zu gehen, schreckt sie zusammen, als Francis hinter ihr steht.

„Hier bin ich, du hast mich gerufen?"

Sie stottert: „Ja, warst du nicht im Garten? Oder im Holzschuppen? Ich glaube dich gesehen zu haben! Und die Türe hat laut geknarrt!"

„Sehe ich aus, im Schlafanzug, als komme ich aus dem Garten oder aus dem Schuppen? Ich komme aus dem Atelier!"

„Nein, nein, ich habe mich wahrscheinlich geirrt oder ich habe noch geträumt", sagt sie mit zaghafter leiser Stimme. Sie geht nun ein Stück in den verschneiten Garten und erkennt im Schnee frische Fußspuren. „Francis, schau dir das an, die stammen aber nicht von unseren Schuhen, schau einmal das Profil an!"

Nun geht Francis im Pyjama hinaus in den Garten, er schaut die Spuren im Schnee an und weiß nun, dass auch er sich nicht beim Blick aus dem Fenster im Nebel geirrt hat, dass tatsächlich jemand dort war. Er wird morgen die Kripo anrufen, er hat ja noch die Visitenkarte des Beamten. So zieht er sich an, es ist sechzehn Uhr, geht in den Garten, durchsucht den alten Schuppen, ohne jedoch etwas zu entdecken. Er geht das Grundstück hinunter zum Bach und sieht, die Türe steht offen. „Vielleicht haben wir vergessen, sie zu schließen, und jemand hat sich im Nebel verlaufen", sagt er zu Ramona, die ängstlich neben ihm steht. Francis schließt die Türe zum Bach, holt im Schuppen ein Schloss und befestigt es um den Pfahl und die Türe. „Alles ist gut verschlossen", sagt er zu Ramona und sie gehen zurück ins Haus. Aber bei Francis läuft alles im Kopf ab, gerade wie in einem Film. Der weitere Tag verläuft so ziemlich normal, aber Angst befällt beide. In der Nacht schreckt Francis im Morgengrauen schweißgebadet aus dem Schlaf auf. Die Bilder seines Traumes wirbeln ihm noch durch den Kopf. Seine Hände hält er um das Eisengestell des Bettes gekrampft, sein Laken ist schweißdurchtränkt. Er entspannt sich, lässt seinen Blick durch das Zimmer schweifen. Es ist fünf Uhr und aus dem Garten dringt das erste Zwitschern der Vögel. Er hört es nicht, denn in seinen Ohren klingt das laute Klack-klack der fahrenden Autos auf der Autobahn.

Der Traum ist zu Anfang ganz harmlos gewesen, doch bei jeder Wiederkehr hoben sich die Konturen der Bilder schärfer ab. Sie werden in seinem Bewusstsein immer deutlicher, gerade so, als ob ein Maler ein Gemälde malt, das mit jedem Pinselstrich an Deutlichkeit zunimmt. Francis sieht im Traum den Mann von Ramona so klar, obwohl er ihn noch niemals sah, alleine von der Beschreibung her nur kennt. Er sieht, wie er die Tote ins Moor wirft, in seinen Hammer steigt und mit Vollgas davonfährt. Alles, seine Hände, sein Gesicht, seine Kleidung, alles ist voller Blut. Die Frau war schon tot, als er sie aus dem Kofferraum seines Wagens zog. Hat er jetzt schon Wahnvorstellungen, fragt er sich nun, oder was soll dieser Traum? Ramona scheint doch trotz allem gut zu schlafen. Draußen ist es eisig, um den Gefrierpunkt, Eiszapfen hängen am Dach des Schuppens und schimmern wie Bergkristalle in der Morgensonne. Nach der heutigen Nacht nimmt Francis die Visitenkarte des Kripobeamten von der Pinnwand in der Küche, versucht, ihn schon um acht Uhr in der Früh zu erreichen, und er meldet sich.

„Kommissar Peter Steinmeier, Kripo Koblenz. Ach gut, dass Sie sich melden! Ich hätte Sie auch heute angerufen. In Zusammenarbeit mit der Kripo Düsseldorf haben wir, die Kripo Koblenz, nun seit einiger Zeit in dem Fall Marquard, dem Exmann von ihrer Frau, Folgendes ermittelt: Herr Werner Marquard wird wegen Mordes an der Toten aus Köln, die im Sumpf hinter dem Wäldchen gefunden wurde, nun gesucht. Die Reifenspuren sind von seinem Hammer Typ eins. Seine Firma in Düsseldorf hat einen neuen Inhaber und die Villa ist verkauft, sie gehört nun einer Familie Blechschmidt. Von Herrn Werner Marquard fehlt bisher jede Spur, die Umfragen in seinem Bekanntenkreis haben uns nicht weitergebracht. Er ist wie vom Erdboden verschluckt. Der Hammer Typ eins ist ebenfalls abgemeldet worden und nicht auffindbar. Unsere Ermittlungen führen nach Thailand, wo er sich in der Vergangenheit häufig geschäftlich aufgehalten hat. Aber bisher haben wir keine konkreten Hinweise bezüglich seines Aufenthaltsortes noch zu seiner Person. Wir können nur hoffen und abwarten. Die Fahndung läuft auf vollen Touren! Überlegen Sie bitte, ob Ihnen noch etwas Wichtiges zu seinem Aufenthaltsort oder zu einer befreundeten Person einfällt! Jeder kleinste Hinweis kann zum Erfolg führen."

Das Telefon steht die ganze Zeit auf laut und Ramona hat alles mitgehört. Sie überlegt und es fällt ihr sogar noch etwas dazu ein: „Er flog häufig nach Phuket in Thailand zu einem Herrn Bua-Kaw-Por Pramuk. Er war auch häufig in unserer Villa zu Gast, sprach fließend englisch und etwas deutsch. Sie unterhielten sich meist in Englisch über irgendwelche Geschäfte, dabei ging es um sehr viel Geld! Mehr kann ich dazu nicht sagen."

„Haben Sie eine Adresse, Straße oder Hausnummer im Kopf?"

„Nein, tut mir leid, nichts dergleichen."

„Sollten Sie noch einen Hinweis für uns haben, auch wenn er noch so unwichtig erscheint, teilen Sie ihn uns bitte sofort mit!"

„Das werde ich tun", antwortet Ramona mit leicht zitternder Stimme. Der Kommissar bedankt sich und das Gespräch ist somit beendet.

Francis sagt: „Es ist ziemlich unwahrscheinlich, dass er sich noch hier aufhält. Und wenn, so ist er bald in Haft. Weiß du, Ramona, ich glaube, er ist in Thailand untergetaucht. Du brauchst keine Angst mehr zu haben, er wird nicht mehr den Mut haben, nach Deutschland zu kommen, die Polizei wird ihn sogleich am Flughafen verhaften, sollte er es auch nur versuchen!"

„Und wenn er doch noch hier ist, es heißt doch, ein Mörder kommt an den Tatort zurück?"

„Du hast zu viele Krimis im Fernsehen gesehen! Es ist herrliche klare Luft draußen, komm, lass uns einen Spaziergang machen", schlägt Francis vor.

„Ja, das ist eine gute Idee, und kein Wort mehr darüber."

Sie ziehen ihre Wanderschuhe, Handschuhe und ihren Anorak an, verlassen das Haus Richtung Wald. Die Luft ist eisig und klar, ihre Tritte auf dem von Eis und Schnee bedeckten Feldweg knirschen bei jedem neuen Schritt. Ramona hat eine feuerrote Nase, sie beklagt sich über ihr brennendes Gesicht. „Das lässt gleich nach, wenn wir in den Wald kommen, sonst kehren wir wieder um."

Ramona nimmt Francis an der Hand: „Komm, lass uns bis zum Wald laufen!" Beide rennen nun Hand in Hand bis zum Waldrand, rechts neben ihnen knistert und raschelt es im Gebüsch. Sie halten inne und stehen ganz still. Zwei Hasen huschen blitzschnell an ihnen vorbei auf das freie Feld. Sie stehen beide da und beobachten das fröhliche Treiben der beiden Hasen, mal stehen sie aufrecht auf ihren Hinterläufen, mal schlagen sie beim Laufen ihre Haken. „Schau hier!", sagt Ramona und zeigt in den alten kahlen Eichenbaum. Reglos sitzt ein Kolkrabe im Geäst. Sein Gefieder schimmert schwarz und blau, wie angefroren sitzt er auf den mit Schnee bedeckten Ästen. Der vorstehende Kopf, die Kehlfedern, die wie ein Bart wirken, und der mächtige Schnabel machen ihn unverwechselbar. Francis meint, dies sei ein Naturerlebnis, denn Kolkraben sind selten. Als hätte er Francis Worte verstanden, schaut er die beiden an. Mit einem Krächzen schwingt er sich in die Luft und segelt wie ein Adler am Himmel, bis seine Silhouette in der Ferne verschwindet. Die zwei gehen nun weiter in den Tannenwald. Wie in einem Wintermärchen stehen alte Tannen rechts und links majestätisch mit ihren schneebedeckten Ästen. „Ist das doch immer wieder schön hier und gar nicht mehr so kalt", stellt Ramona mit einem Lächeln fest. Es scheint, als wäre alles andere vergessen.

Nach zwei Stunden treten sie den Heimweg an. Sie gehen an dem Holzhaus des netten Ehepaares am Waldrand vorbei. Es ist schon spät am Nachmittag, die Dämmerung bricht herein. Die Fenster des Holzhauses sind weihnachtlich geschmückt und hell erleuchtet, auf der Terrasse steht ein mit Lichterketten dekorierter Tannenbaum.

Sie gehen weiter Richtung Dorf, ihr Haus ist schon aus der Ferne zu sehen. Zwei Personen mit zwei kleinen Hunden kommen ihnen auf dem Feldweg entgegen. Sie sind so vermummt, dass man sie noch nicht erkennen kann. Dann jedoch, je näher sie kommen, umso deutlicher erkennt man zwei Jack Russel Terrier und schließlich auch das Ehepaar aus dem Holzhaus. Sie grüßen freundlich im Vorübergehen, Francis und Ramona lächeln zurück, während einer der Hunde Ramona am Bein hochspringt. Ramona nimmt ihre rechte Hand, zieht sich den Handschuh aus und streichelt den Terrier. Ihm scheint es offensichtlich zu gefallen, der Mann ruft: „Tom, willst du nicht kommen? Tom, wir gehen nach Hause", doch Tom genießt die Streicheleinheiten, dann rennt er zu seinem Kumpel, ohne sich noch einmal umzudrehen. Ramona zieht ihren Handschuh wieder an und sie gehen des Weges. Eigentlich war es herrlich, der Kopf ist wieder frei, keine schlechten Gedanken sind mehr vorhanden, alles ist wie fortgeblasen. Zu Hause angekommen ziehen sie ihre Jacken und Schuhe aus und gehen ins Haus.

„Ramona, ich mache uns einen heißen Kräutertee mit Honig", ruft Francis aus der Küche ins Wohnzimmer, wo Ramona erschöpft auf dem Sofa liegt, ihre Beine hoch, ihr Kopf in ein dickes Kissen gedrückt. „Möchtest du noch etwas essen?"

„Nein, nur einen Tee."

„Aber ich mache mir einen Zwiebelkuchen im Backofen warm, möchtest du wirklich nichts?"

„Nein, ich möchte gleich nur noch schlafen, werde ins Bett gehen!" An heute Morgen denkt nun keiner mehr. Um zwanzig Uhr legt Ramona sich schon schlafen. Francis hat einen ganzen Zwiebelkuchen alleine gegessen, geht noch ins Atelier, um zu malen. Er möchte das Spiel des Lichts in der Winterlandschaft auf der Leinwand festhalten. Es geht ihm schon wieder, als er das Bild fast fertig hat, die tote Frau aus dem Sumpf durch den Kopf. Und er versucht, sich in Gedanken in den Mörder zu versetzen, was er in seiner Situation machen würde? Er kommt nach langem Überlegen zu dem gleichen Ergebnis. Er würde umgehend das Land verlassen und nie mehr wiederkommen, denn den Rest des Lebens im Gefängnis zu verbringen, wer möchte das schon, dann lieber eine neue Identität annehmen und in der Ferne als Mister X weiterleben. Der nächste Gedanke ist der, wo kann man leben, ohne ausgeliefert zu werden? Wenn ich das einmal wüsste. Thailand? Nein, Thailand, das glaube ich nicht. Südafrika? Südamerika? Arabien? Paraguay? Ja, ich glaube, hier wird man nicht ausgeliefert. Ich weiß es wirklich nicht. Früher war es eher möglich, aber heute, heute weiß ich es nicht. Es ist sicher schwierig, ach was, er muss gefasst werden und für seine Tat büßen, wie auch immer, am besten bis an sein Lebensende. Soll er machen, was er will. Auf Dauer kann er sich nicht verstecken, irgendwann wird er einen Fehler machen und geht der Polizei ins Netz. Da bin ich mir sicher! Eigentlich muss sein Gewissen ihn doch plagen? Aber haben Mörder überhaupt ein Gewissen? Wie auch immer, ich bin jetzt müde und gehe ins Bett!

Heute, Mittwochmorgen, packt Francis einige fertige Gemälde in Packpapier, eins mit dem Buddha im Garten, ein weiteres mit einer verschneiten Landschaft und das mit dem Laubwald und dem Weg ins Unbekannte. Die Winterlandschaft mit dem Lichteinfall der Sonnenstrahlen möchte er heute noch fertigstellen und morgen alle Werke nach Bonn zum Verkauf in die Galerie bringen. So verbringt er den ganzen Nachmittag im Atelier.

Ramona hat sich heute schon um neun Uhr in der Früh mit Gritt verabredet, um nach Köln zum Shoppen zu fahren. Am Abend stellt Francis seine Gemälde in den Hausflur, damit er sie am nächsten Morgen ins Auto packen kann. Er bereitet sich ein Essen zu, nimmt ein Weinglas aus der Vitrine, schenkt sich ein Glas Wein aus der angebrochenen Flasche ein, setzt sich in der Küche auf die Holzbank an den alten Küchentisch. Er macht sich schon langsam Sorgen, es beginnt erneut zu schneien und von Ramona und Gritt ist nichts zu hören und zu sehen! Wahrscheinlich befinden sie sich noch im Kaufrausch und meine Sorgen sind völlig unnütz, sagt er sich schließlich und beginnt in seinem Essen lieblos herumzustochern, Appetit hat er keinen, zu zweit schmeckt es schließlich auch besser. Die Zeit vergeht, er sitzt immer noch auf der Bank in der Küche und liest in einem Buch. Die zweite Flasche Wein im Anbruch und eine Importzigarre im Ascher, selbst die schmeckt ihm nicht so richtig. Kurze Zeit denkt er darüber nach, Ramona auf dem Handy anzurufen und zu fragen, ob alles in Ordnung ist. Aber wie sieht das aus, wenn sie einmal mit ihrer Freundin unterwegs ist? Er legt sein Handy auf den Küchentisch, zündet sich die Kerzen an und liest weiter in seinem Buch. Sie werden schon irgendwann zurück sein, Frauen brauchen etwas länger, wenn sie in der Stadt sind, Männer haben andere Interessen. Vielleicht sind sie in einer fröhlichen Runde und vergessen einfach die Zeit. Der Wein in der zweiten Flasche wird immer weniger und Francis langsam müde. Es ist schon nach Mitternacht und von den beiden Damen immer noch kein Lebenszeichen. Aufgeregt geht Francis nun im Haus auf und ab, er überlegt sogar schon, die Polizei anzurufen, aber die werden ihn nur auslachen. Also legt er sich doch ins Bett. Der Wein tut seinen Rest dazu und er schläft kurze Zeit später ein. Um fünf Uhr morgens wird er wach, sein erster Blick, nachdem er das Licht angemacht hat, geht auf das zweite Bett. Es ist immer noch leer, er nimmt sein Handy, vielleicht hat sie eine SMS geschickt, aber auch das nicht. Er geht in die Küche, öffnet die Türe am Kühlschrank, nimmt eine Flasche Wasser heraus und schenkt sich ein großes Glas voll ein. Er schaut zum Fenster hinaus ins Dunkel der Nacht, nur der schwache Schein der Straßenlaterne scheint mit mattem Licht, weit und breit ist nichts zu sehen. Während er so am Fenster hinaus ins Dunkel starrt, kommt der schwarze Mini langsam angefahren. Er sieht den beim Öffnen der Türe erleuchteten Innenraum des Autos, sieht, wie Ramona Gritt einen Kuss auf die Wange gibt und ihr beim Aussteigen nochmals zuwinkt, während sie schon Richtung Dorf fährt. Ramona steht vor der Türe, einige Einkaufstüten in den Händen, und klingelt mit ihrem rechten Ellenbogen. Francis öffnet ihr die Türe, nimmt sie in den Arm mit den Worten: „Gott sei Dank, dass du da bist, ich habe mir schon Sorgen gemacht. Habe schon überlegt, dich anzurufen, es aber dann doch sein gelassen."

„Ach, Francis. Es war Latenight-Shopping in Köln, wir haben bis Mitternacht eingekauft, köstlich gegessen, in einer Kneipe gesessen bis drei Uhr in der Nacht, dann sind wir losgefahren. Durch den andauernden Schneefall mussten wir langsam und vorsichtig fahren, alles andere morgen, ich möchte nur noch ins Bett und schlafen!" Ramona verschwindet sogleich im Bad und dann im Bett. Francis hat noch so viel im Kopf, was er ihr sagen möchte, aber so sind die Damen eben und später hat Francis einfach alles so spontan vergessen.

Ramona verbringt den Rest des Tages mit Schlafen und Francis packt seine Gemälde ins Auto und fährt über die B9 nach Bonn zu seinem Freund Bernd in die Galerie. Er genießt es, über Remagen, Oberwinter, Rolandseck am Rhein entlang, nicht schneller als hundert auf seinem Tachoanzeiger, immer auf der rechten Fahrbahn bleibend, an Bad Godesberg vorbei durch die Unterführung in die Innenstadt sich einzuordnen. Er wird kein Wort mehr über seine Sorge wegen des langen Ausbleibens von Ramona verlieren, sagt er sich, während er in die Stadthausgarage zum Parken fährt und sich in einen freien Platz an der Ecke des zweiten Parkdecks einnistet. Mit den Bildern durch die Stadt gehen, dafür sind sie zu voluminös, denkt er, nimmt sein Handy aus der Hemdtasche und ruft in der Galerie an. Bernd beschließt kurzum, ins Parkhaus zu kommen, um die Gemälde in seinen Mercedes SLK umzuladen. Fünf Minuten später begrüßen sich die beiden und klopfen sich gegenseitig auf die Schulter mit einem freundlichen „Hallo, alter Junge! Alles klar?"

Francis steigt nun zu Bernd ins Auto und sie fahren zur Galerie, wo ein kleiner Parkplatz Bernd zur Verfügung steht. Sie steigen aus, nehmen die Gemälde mit in die Galerie. Nachdem Francis seinen Whisky und seine Zigarre hat, nimmt er auf dem alten Ledersessel in der Ecke Platz. Bernd prostet ihm zu.

„Und, wie laufen die Geschäfte?"

„Du weißt doch, es könnte immer noch etwas besser sein! Aber im Großen und Ganzen zufriedenstellend! Es lässt sich leben, man ist ja bescheiden, nicht wahr?"

„Ja, alter Junge, einen Herd zum Kochen, ein Bett zum Schlafen und einen Stuhl zum Sitzen, dazu ein Glas Whisky und eine gute Zigarre, mehr brauchen wir Männer ja nicht!

„Zum Glück ist Ramona nicht dabei und hat das gehört, sie hätte sofort ihr Veto eingelegt!"

„Ach, was macht deine Schöne? Habe lange nichts mehr gehört!"

Francis erzählt ihm nun die ganze Geschichte bis ins kleinste Detail.

„Pass nur gut auf euch auf! Bis die Polizei den Marquard gefasst hat! Der hat sich bestimmt, nachdem, was du erzählt hast, nach Thailand abgesetzt. Aber es ist ja erschreckend, was es doch für Menschen gibt. Und dann ist das Schlimme dazu noch: Ob sie reich oder arm sind, es spielt definitiv keine Rolle, es sind einfach kranke Hirne. Ich habe dich ja schon damals angerufen und vorgewarnt. Habt ihr denn nun keine Angst?"

„Angst ist immer im Unterbewusstsein da, aber man kann nicht ständig daran denken, man würde sonst durchdrehen", sagt Francis etwas bedrückt. „Ich muss dann auch gleich fahren, denn vor Einbruch der Dunkelheit möchte ich gerne zu Hause sein!"

„Ach, lass uns doch zusammen Abendessen gehen in ein Restaurant in der Altstadt, ich würde mich freuen, ich lade dich ein."

„Nein, ein andermal gerne, aber heute nicht." Francis hat sich schon aus dem Ledersessel erhoben und geht Richtung Ausgang.

„Wir haben deine Gemälde noch nicht ausgepackt."

„Das kannst du nachher in Ruhe, wenn ich jetzt gehe. Komm Ramona und mich doch am Wochenende einfach besuchen. Wenn du eine Freundin hast, so kannst du sie gerne mitbringen. Wir freuen uns sehr!"

„Freundinnen habe ich immer noch einige, wie früher, aber nichts Festes, ich bin doch ein alter Vagabund und nicht für das Leben auf dem Lande und die Zweisamkeit wie du geeignet. Aber sollte ich Lust auf Natur verspüren, so lasse ich es euch wissen. Es ist nur Spaß, ich komme gerne am Sonntagnachmittag vorbei", sagt Bernd mit einem listigen Blick. Francis verabschiedet sich und geht über den Friedensplatz ins Parkhaus zum Auto. Zurück nimmt er den Weg über die Autobahn, es geht einfach schneller! Er stellt die Musik des Autoradios volle Kanne an und singt die Oldtimer aus seiner Jugendzeit laut mit. Nun fährt er mit durchgetretenem Gaspedal singend auf der Überholspur. Er freut sich darauf, gleich zu Hause zu sein. Jetzt hat er alles, was er noch braucht. Er steht am Ende eines Staus hinter Bad Neuenahr vor einer Baustelle. Francis betätigt die Warnblinkanlage sofort, dass niemand hinten auffährt. Er fährt langsam mit dreißig weiter, sein Singen ist nun ganz leise geworden, stopp und weiter, stopp und weiter, so geht es nun die ganze Zeit durch die Baustelle. Mittlerweile muss er schon mit Licht fahren, denn die Dunkelheit bricht herein, und sein Gesang ist restlos verstummt. Endlich ist das Ende der Baustelle in Sicht. Francis gibt, als der Verkehr sich normalisiert hat, Gas und kurze Zeit später hängt der Bleifuß erneut auf der Überholspur. Hinter ihm drängelt eine Blondine in einem lilafarbenen Porsche. Sie gibt Lichthupe, doch hat keine Chance, denn Francis ordnet sich nicht rechts ein. Sie ist kurz davor, auszurasten, sie zeigt ihm einen Vogel, dann einen Stinkefinger, dann letztendlich setzt Francis den Blinker nach rechts und ordnet sich in den fließenden Verkehr zwischen zwei Lastwagen ein. Sie zeigt ihm im Vorüberfahren nochmals einen Vogel und rast davon. Zum Glück war keine Polizei unterwegs, denn das wäre die beiden, vor allem Francis, teuer zu stehen gekommen. Es ist um achtzehn Uhr nun dunkel, als wäre es tiefste Nacht. Francis fährt die Ausfahrt hinaus, fast hätte er sie nicht hinter dem Lastwagen bemerkt, aber doch noch in letzter Minute, und er ist froh, nun endlich in wenigen Minuten zu Hause zu sein. Er fährt zuerst rechts, den Hügel hinunter, dann biegt er zweimal hintereinander links ab und hat die Schillerstraße, sein Ziel, endlich erreicht. Er parkt vor dem Haus, steigt aus und geht hinein. Ramona hat ihm die Türe geöffnet und freut sich, ihn zu sehen. „Was machen wir mit dem angebrochenen Abend?" Sie schaut ihn dabei fragend mit ihren dunklen großen Augen an.

„Zuerst setze ich mich einmal hin, trinke einen Kaffee und entspanne mich, denn ich habe im Stau gestanden und den ganzen Tag fast nichts gegessen!"

„Soll ich dir ein Omelette mit Pilzen oder Schinkenspeck, Tomaten und Käse machen?"

„Gerne, isst du eins mit mir mit?"

„Ja, auch ich bin ziemlich hungrig." Ramona verschwindet nun in der Küche, ein Klappern von Tellern und Schüsseln ist zu hören. Das Messer tanzt ununterbrochen abwechselnd auf Zwiebeln, Schinken, Tomaten, Käse und frischen Kräutern. Francis hockt auf der alten Bank in der Küche, hat schon Besteck, Servietten und Gläser mit Saft eingeschenkt. Er hält seine Teetasse fest in der Hand, denn sie dient ihm gleichzeitig als Handwärmer. Wärme von innen und außen tut ihm nach diesem Tag so richtig gut. Als er nach dem Essen aufsteht, geht nichts mehr. Besorgt fragt Ramona: „Was ist los mit dir, Francis? Soll ich dich ins Krankenhaus fahren? Oder soll ich einen Arzt rufen?" Gebückt steht Francis da, die Hände auf den Tisch abgestützt, er ist nicht in der Lage, einen Fuß vor den anderen zu stellen oder zu gehen. „Francis, was soll ich tun, sag etwas, rede mit mir! Hast du einen Schock? So etwas habe ich schon gelesen, das gibt es!"

„Ich glaube eher an einen Bandscheibenvorfall, das hatte ich in der Vergangenheit schon einmal. Eine falsche Drehung der Wirbelsäule und schon springt so ein Ding heraus und klemmt bestimmte Nerven ein. Es kann zu Versteifungen und im Extremfall zu solchen Lähmungen kommen."

„Das leuchtet mir ein", sagt Ramona mitfühlend und nimmt ihn in den Arm.

„Morgen gehe ich zum Chiropraktiker, der renkt mich ein." Nach einiger Zeit geht es ihm jedoch wieder etwas besser. Somit hat er den Weg zum Arzt wieder aus seinen Gedanken gestrichen, bis es gar nicht mehr geht. So sind sie, die Männer, die sonst so Mutigen! Man kann es aber auch feige nennen! Francis legt sich mit dem Bauch vorsichtig auf sein Bett, während Ramona eine Tube mit Salbe aus dem Medikamentenschrank im Bad nimmt und anschließend die Salbe auf seinem Rücken gleichmäßig verteilt. Er schreit leicht auf, als sie ihm über die Wirbelsäule massiert. Vorsichtig zieht er nun die Pyjamajacke über und dreht sich auf den Rücken. „Danke, Ramona, du hast einen alten Mann", scherzt er anschließend wieder.

„Francis, lass deine Scherze! Du weißt, dass es nicht stimmt, das möchtest du ja nur wieder hören, nicht wahr?" Francis grinst schelmisch, wie immer.

Heute Morgen ist der Zwischenfall vom Vorabend längst wieder vergessen. Nicht wie sonst jeden Morgen kehrt heute Ramona den Neuschnee, der über Nacht gefallen ist. Sie macht eine Gasse frei und streut Sand darauf, dass niemand vor dem Haus ausrutscht. Anschließend geht sie zum Schuppen im Garten, nimmt einen Korb von der Wand und befüllt ihn mit kleinen und großen Holzstücken. Sie hebt den Korb in Bauchhöhe hoch und trägt diesen ins Haus. Heute werde ich Francis nichts Schweres heben lassen, denkt sie. Und schon ist er unterwegs zum Schuppen, nimmt die alte Türe, zieht diese fest zu und verschließt sie anschließend wieder. Dabei bemerkt er Spuren im Schnee, er geht ihnen nach, sie führen vom Schuppen bis ans Ende des Grundstücks. Vor dem Gartenzaun sind sie zu Ende, der Draht ist heruntergedrückt, gerade so, als ob jemand hier über den Zaun gestiegen ist. Die Spuren führen weiter am Bachlauf entlang, Francis kehrt wieder um und geht zurück zum Haus, denn er hat keine Jacke an und friert gewaltig. Vorher setzt er seinen rechten Fuß in den Abdruck im Schnee, er ist einen Zentimeter größer als seiner. Das Profil kann zu einem Gummistiefel gehören. Seiner Fantasie sind keine Grenzen gesetzt. Aber es kann ebenso ein Obdachloser sein, der im Schuppen übernachtet hat, um der eisigen Kälte zu entkommen. Wenn er bei diesen Temperaturen draußen übernachten würde, so würde er erfrieren. Francis beschließt, nun ein wachsames Auge auf den Schuppen zu haben.

Währenddessen erwacht am Mittwochmorgen in Koblenz Kommissar Steinmeier in seiner Altstadtwohnung. Seine Magenbeschwerden vom Vortag sind abgeklungen. Kurz nach sechs steht er auf und wirft einen Blick auf das Thermometer vor dem Küchenfenster, es zeigt minus fünf Grad an. Um acht Uhr hat er gemütlich gefrühstückt. Der Himmel hängt voller Schnee. Gegen halb neun fährt der Kommissar um die Ecke die Straße entlang bis zum Büro. Als er durch den Korridor in sein Büro geht, herrscht noch morgendliche Stille. Er hängt seinen Hut, Schal und Mantel auf und fragt sich, ob es schon Hinweise auf den Aufenthaltsort von Marquard gibt? Eine der Sekretärinnen betritt den Raum und erinnert ihn an seinen Termin beim Optiker heute um zehn Uhr. Steinmeier bedankt sich, den hätte er vergessen. Es ist ein wichtiger Termin, er braucht eine Lesebrille. Wenn er lange über seine Akten gebeugt sitzt oder auf den Bildschirm des Computer schaut, bekommt er

Kopfschmerzen und die Buchstaben beginnen zu schwimmen und zu tanzen. Nach einem Telefonat mit dem Staatsanwalt verlässt er zu Fuß sein Büro und denkt: Ja, das Alter fordert seinen Tribut. Mit der Brille fängt es an. Er braucht zwei Stunden, bis er die passende Brille gefunden hat, schließlich macht er das nicht alle Tage und gut aussehen soll sie ja auch noch. Da klingelt auch schon sein Handy. Er eilt zum Büro, steigt in sein Auto und ist Richtung Vallendar unterwegs, wo ein aktueller Mord – ein Bauunternehmer wurde in seinem Haus zuerst zusammengeschlagen und dann erhängt – ihn wieder innerhalb von Sekunden voll beschäftigt. Eine freundliche Frauenstimme erklingt aus dem Navigationssystem: Sie haben Ihr Ziel erreicht! Peter Steinmeier parkt seinen Geländewagen ein und betritt das Haus. Er begrüßt kurz die Beamten vor Ort: „Gibt es schon Hinweise?"

„Ja", so ein dicker Beamter, „wir haben die Nachbarn befragt. Der Tote heißt Walter Braun und hatte stets Ärger mit seinen Angestellten, er setzte sie auf Kurzarbeit und beschäftigte illegal für einen Hungerlohn Schwarzarbeiter, zahlte keine Sozialabgaben und ließ sie Akkord arbeiten. Man munkelt, er machte mit der Stadt gemeinsame Sache, er bekam laut Ausschreibung immer den Auftrag, weil er vom Preis her unter dem Angebot seiner Mitbewerber blieb. Erzählt wird noch wesentlich mehr", so der Beamte.

„Das kann ja heiter werden, also packen wir es an", so der Kommissar. „Vor uns liegt eine Menge Arbeit!" Am späten Abend in seiner Altstadtwohnung angekommen geht er unruhig auf und ab. Dann betritt er die kleine Küche und schenkt sich ein großes Glas mit Orangensaft ein. Dann setzt er sich auf einen der alten Stühle und geht die Ermittlungslage noch einmal im Detail durch. Er malt seine Gedankengänge auf ein Blatt Papier auf und betrachtet sie anschließend, als ob sie Teile eines Puzzles wären. Plötzlich kommt ihm der Gedanke, dass die Lösung ganz nahe liegt. Obwohl noch viele Fäden in der Luft hängen, gibt es doch viele Details, die zusammenpassen. Immer wieder hat er das Gefühl, dass die Polizei ganz nah dran ist. Das macht ihn zufrieden, aber auch gleichzeitig unruhig. Viel zu oft hat er die Verantwortung für komplizierte Ermittlungsverfahren gehabt, die vielversprechend angefangen, aber dann doch in Sackgassen geendet haben. Aus denen er dann nicht mehr herauskam, im schlimmsten Fall dann später ad acta gelegt wurden. Geduld, denkt er. Geduld!

Mitte Januar wird Francis schließlich fündig. Er entdeckt heute Morgen einen alten, ungepflegten Mann beim Verlassen des Schuppens. Er hat drei große Plastiktüten in seinen Händen, hat einen langen Bart, sein Gesicht ist nicht zu erkennen. Langsamen Schrittes stapft er durch den Garten, den langen, viel zu großen grauen Mantel umhängend und einen speckigen Hut auf dem Kopf. Francis spricht ihn an: „Hallo, was machen Sie in meinem Garten?"

„Entschuldigung! Ich konnte bei dieser eisigen Kälte nicht im Wald schlafen, so habe ich mir Ihren Schuppen als nächtliche Ruhestätte ausgesucht. Ich habe alles genau so verlassen, wie ich es vorgefunden habe."

Francis schickt ihn zurück in den Schuppen und sagt: „Bleiben Sie hier sitzen, ich hole Ihnen einen heißen Kaffee und einige Butterbrote!"

Der Alte lächelt über sein ganzes Gesicht und setzt sich auf eine Kiste im Schuppen. Francis eilt zum Haus, macht einige Brote mit Käse und Wurst fertig, einen großen Becher Kaffee und geht zurück in den Schuppen. Ramona hat er informiert, sie soll in einer Minute zum Schuppen kommen, um zu schauen, ob es ihr früherer Mann ist, der Obdachlose. Während er gierig die Brote isst und den Kaffee schlürft, kommt Ramona in den Schuppen, die Angst steht ihr im Gesicht, sie schaut ihn an und sagt zu Francis schüchtern: „Er ist es nicht. Wo kommen Sie her?", fragt sie dann.

„Aus Andernach! Ich wurde arbeitslos, verlor zuerst meine Arbeit, dann meine Frau, dann meine Wohnung. Es geht alles ganz schnell und ohne Wohnsitz bekomme ich keine Arbeit, oder ich bin zu alt. Ich war als Verkäufer in einem Bekleidungsgeschäft tätig. Dreißig Jahre im gleichen Geschäft, dann kannst du gehen."

„Wo leben Sie denn?", fragt Francis.

„Früher in dem kleinen Wäldchen im dichten Tannendickicht."

Da macht es sofort klick bei Francis! Er ist sich sicher, der Mann weiß etwas oder hat etwas beobachtet!

„Warum sind Sie dort fortgegangen?"

„Es war zu kalt geworden und ich habe Angst!"

„Angst wovor? Haben Sie von den toten Schafen etwas mitbekommen? Oder sogar von der toten Frau im Sumpf hinter dem Wäldchen?"

Mit zitternder Stimme sagt er: „Nein, ich habe nichts gesehen, ich weiß überhaupt nichts!"

Nun ist Francis sich absolut sicher: Der Mann weiß mehr, vielleicht hat er sogar etwas beobachten können! „Warum sagen Sie nicht der Polizei, was Sie wissen?"

„Nein, keine Polizei, wer glaubt schon einem Landstreicher wie mir? Am Ende verhaften sie mich noch!"

Francis sagt: „Ich mache Ihnen einen Vorschlag: Meine Frau ruft die Kripo Koblenz an. Ich verspreche Ihnen, den Rest des Winters in einem warmen Heim für Obdachlose zu verbringen mit täglichen warmen Speisen und Getränken, darum werde ich mich persönlich kümmern." Schließlich erklärt der Mann sich mit Francis Vorschlag einverstanden. Nach einer halben Stunde kommt ein Geländewagen an. Zwei Herren in Zivil steigen aus. Ramona führt sie in den Schuppen, wo der Mann und Francis schon warten. Er macht eine Aussage und erzählt den Beamten Folgendes:

Er habe beobachtet, wie ein Mann mit einem schweren schwarzen Auto vorgefahren ist und die leblosen Körper der Lämmer in das Loch geworfen hat, dabei waren seine Hände und seine Kleidung voller Blut. Als alle Tierkörper so dalagen, stieg er ins Loch hinab und bedeckte die Tiere mit einem Haufen voller Tannenäste. Dabei quollen seine Augen aus dem Kopf heraus und er machte Laute wie ein Tier. „Ich bekam es mit der Angst zu tun, verhielt mich ganz ruhig, denn wenn er mich bemerkt hätte, so würde ich nun nicht mehr hier sitzen, der Mensch hätte mich sicherlich umgebracht. Er kam einige Zeit dann nicht mehr. Da er immer von der hinteren Seite zum Wäldchen fuhr, blieb ich im vorderen Bereich. Dann hörte ich in der Nacht ein Motorengeräusch in der Nähe, es war nicht das Klack-klack der Autobahn. Ich schlich mich durch das Dickicht bis zum Ende des Wäldchens. Da stand er nun, der Hammer, das Fernlicht eingeschaltet und auf das Sumpfgebiet gerichtet. Ich beobachtete, wie ein Mann einen Teppich aus dem hinteren Bereich des Hammers zog. Er rollte ihn auf und im Scheinwerferlicht sah ich die Leiche einer Frau. Er fasste sie an den Beinen und zog sie in den Sumpf, nahm einen kleinen Stamm und schob sie hinein, bis man sie im dichten Schilf nicht mehr sah, aber ich hatte sie genau gesehen. Mein Herz schlug mir bis in den Hals. Wenn ich gehustet oder genossen hätte, was dann gewesen wäre, das, glaube ich, brauche ich Ihnen nicht zu sagen. Er schaute noch eine Zeit lang dorthin, wo er die Tote abgelegt hatte, dann ging er zum Teppich, rollte diesen wieder zusammen, packte ihn anschließend wieder in seinen Hammer, stieg ein und fuhr wieder Richtung Bundesstraße. Ich wusste nicht, ob ich es der Polizei später erzählen sollte. Zog es letztendlich doch vor, zu schweigen. Und im Wäldchen bleiben konnte ich nicht, denn wenn es dumm gelaufen wäre, hätten sie mich noch als Mörder festgenommen, das konnte ich mir nun gar nicht leisten. So zog ich um in den alten Holzschuppen, denn da habe ich meine Ruhe, dachte ich mir zumindest. Bis zum heutigen Tag!"

Die Beamten nehmen ihn mit, damit er die Aussage im Präsidium nochmals machen und unterschreiben kann. Sie haben Francis versprochen, ihn in eine warme Unterkunft zu bringen, wo er bis zum Frühling bleiben kann, ohne auf der Straße zu erfrieren. Aber da fällt Ramona plötzlich ein, dass ihr früherer Mann in einer Fernsehsendung, die vor einigen Tagen ausgestrahlt wurde, als Mörder gesucht und eine Belohnung für konkrete Hinweise ausgesetzt wurden. Sein Fahndungsfoto ist in jeder Zeitung zu sehen. Konkrete Hinweise hat der Mann gegeben und vielleicht steht ihm das Geld zu. Er kann es sicherlich gut gebrauchen. Die Beamten verabschieden sich und steigen ins Auto, wo der Mann schon auf sie wartet. „Wir tun unser Bestes", so sind sie verblieben. Ramona wird nachhaken, ob der Mann die Belohnung bekommen hat. Immer noch von der grauenvollen Beschreibung der Tat entrüstet, gehen sie nun zurück zum Haus. Das Ende des Tages ist genauso traurig wie der ganze Tag. Irgendwie ist alles unendlich traurig, ekelerregend, abstoßend, einfach alles, es fehlen einem die Worte. Ramona und Francis haben beide den gleichen Gedanken: Dieser Mensch muss gefasst werden, so schnell wie nur möglich, und hinter Schloss und Riegel, am besten für immer! Diese Nacht bleibt unvergesslich für die beiden. Alpträume plagen sie, kalter Schweiß rinnt über ihre Körper, Angst macht sich beim kleinsten Geräusch breit, es ist kaum zu ertragen. Sollen sie Urlaub machen? Fragen über Fragen quälen sie. Aber ist es wirklich ein Urlaub, oder eine Flucht? Nein, sie müssen warten, bis die Polizei ihn gefasst hat, erst dann können sie in Ruhe Urlaub machen. Darüber sind sich beide schnell einig. Ramona denkt ständig darüber nach, ob ihr nicht noch etwas einfällt oder ob sie etwas Wichtiges vergessen hat der Polizei zu berichten? Krampfhaft versucht sie sich zu erinnern. Am liebsten würde sie mit Francis nach Thailand fliegen, um ihn zu suchen. Aber das redet Francis ihr schnell aus, denn dafür sind kompetente Leute zuständig.

Wochen sind nun vergangen. Das Kaminholz haben sie zwischenzeitlich auf eine Schubkarre geladen und anschließend in den alten Schuppen am Ende des Grundstücks gefahren. Dort haben sie es aufgestapelt. Es war eine gute Therapie, um nicht ständig an den Mord zu denken. Der Schnee hat sich aufgrund der milden Temperaturen in Regen umgewandelt. In der Mittagszeit streicht heute laue Luft über feuchtkalte Erde. Die Meisen zirpen und die Sonne streichelt mit ihren ersten Strahlen die Haut. Für Mitte Februar ungewöhnlich! Der Frost steckt noch im Boden, doch erste Frühlingsblumen versuchen einen neugierigen Blick an die Erdoberfläche. Aus kalter Erde erwacht im beschaulichen Dorf unter der Autobahn das Leben neu. Viele Bewohner haben den Vorfall mit den toten Lämmern und der toten Frau im Sumpf längst vergessen. Nur Francis und Ramona nicht. Sie werden sporadisch von Alpträumen und Ängsten geplagt. Es ist die Ungewissheit, nichts über den Verbleib des Gesuchten zu erfahren. Sie sind müde, bei einem Telefongespräch mit dem Kommissar Steinmeier wiederholt immer das Gleiche zu hören: „Wir haben zu dem Aufenthalt des Täters noch keine konkreten Hinweise. Wir haben viele Aussagen von Urlaubern, die behaupten, ihn in Thailand gesehen zu haben. Wir gehen davon aus, dass er seine Identität verändert und unter einem neuen Namen mit gefälschtem Personalausweis unterwegs ist. Bei einer Passkontrolle aber gefasst wird! Sie brauchen keine Angst mehr zu haben, die Annahme, ihn hier in Deutschland wiederzusehen, ist gering."

Es macht die beiden fast wahnsinnig, der Gedanke: Ein Mörder läuft frei herum und kann jederzeit erneut zuschlagen! Ramona schreit im Schlaf auf, schweißgebadet. In der Nacht zum dreizehnten März hat sie im Traum ihren früheren Mann, den gesuchten Mörder, im Sumpf hinter dem Wäldchen gesehen. Aus dem Sumpf ragten mehrere Hände von Skeletten zwischen dem Schilf heraus. Totenköpfe schrien ein Klagelied, es schallte durch den ganzen Ort.

Alle Bewohner des Ortes liefen wie in einen magischen Bann gezogen zum Sumpf hinter dem Wäldchen. Der Mörder wurde im Traum von Ramona von den Leichen, die nur noch Knochengerüste waren, mit Gewalt in den Sumpf gezogen. Er versuchte herauszukommen und sich zu befreien, aber es gelang ihm nicht. Die Toten hielten ihn fest, bis er den Kampf ums Überleben schließlich aufgab.

Voller Entsetzen und den Schrecken im Gesicht erzählt sie Francis ihren Traum. Francis nimmt sie in den Arm und versucht ihr zu erklären, dass alles nur ein furchtbarer Traum war. Heute, am Tag danach, ist Ramona erleichtert, denn sie ist sich absolut sicher, dass der Mörder gefasst wird und ihr Traum eine tiefe Bedeutung und einen Sinn hat.

Gegen Mittag kommt die Sonne hinter den Wolken hervor. Ramona und Francis ziehen ihre Wanderschuhe und ihre roten Jacken zur Jeans an und gehen Richtung Autobahn in den angrenzenden Wald über den Obstlehrpfad spazieren. Das Erwachen der Natur aus dem Winterschlaf zu beobachten, macht ihnen wieder Spaß. Und Ramona scheint doch ihren bösen Traum vergessen zu haben. Ramona ist erleichtert, sie redet ununterbrochen, ist wieder fröhlich und gelassen, gerade so, als wäre niemals etwas gewesen. Das Wasser des letzten Regens hat sich in den Erdsenken und Löchern gesammelt. Ramona bleibt in dem Matsch stehen und tritt auf der Stelle auf dem lehmigen Boden. Es scheint ihr sichtlich Spaß zu machen. In den mit Wasser gefüllten Pfützen und Fahrspuren tritt sie auf der Stelle wie ein kleines Kind. Dann nimmt sie Francis bei der Hand und zieht ihn in den Laubwald, wo sie ihn dann küsst, geradeso leidenschaftlich wie früher. Francis hat schon nicht mehr an einen Gefühlsausbruch wie diesen geglaubt. Aber auch er strahlt über sein ganzes Gesicht. Endlich die Last der Vergangenheit hinter sich gelassen zu haben. Da kommt der Mann mit den neun Fingern ihnen entgegen, er hat seinen Pritschenwagen am Wegesrand geparkt. Er grüßt freundlich: „Schönes Wetter haben wir heute, es lädt geradezu zum Wandern ein!"

„Ja, man freut sich nach dem langen Winter, die ersten Sonnenstrahlen einzufangen", sagt Francis freundlich zu ihm und ist erstaunt über diese Freundlichkeit.

An der nächsten Ecke, wo der Waldweg eine Biegung macht, kommt ihnen der Förster entgegen. Auch er grüßt wider Erwarten ganz freundlich, bleibt auf gleicher Höhe stehen mit einem „Hallo, schönes Wetter heute". Schaut Ramona an: „Wie geht es Ihnen? Habe Sie lange nicht mehr gesehen!"

„Danke der Nachfrage, es geht mir sehr gut", antwortet sie mit einem zaghaften Lächeln.

„Sie sehen auch gut aus, wenn ich das einmal bemerken darf!" Dabei nimmt er aus seiner Tasche ein Lederläppchen, nimmt seine Brille mit dem Goldrand von der Nase und beginnt über die Gläser zu reiben. „Ja, ich schaue, ob ich das Wild noch zufüttern muss oder ob sie bereits selbst genug finden. So hat man auch den ganzen Tag als Forstbeamter seine Arbeit in Wald, Flur und am Schreibtisch." Er steckt das Lederläppchen in seine linke Jackentasche, setzt seine Brille auf, schultert sein Gewehr neu und verabschiedet sich mit einem „Bis dann!". So freundlich! Man kann es kaum glauben.

Die beiden gehen am Holzhaus des netten Ehepaares vorbei. Es scheint niemand da zu sein, alles liegt wie im Dornröschenschlaf friedlich und still. Der Weg macht eine Biegung nach links, da kommt das nette Ehepaar aus dem Holzhaus den beiden entgegen. „Hallo, schönes Wetter heute, optimal zum Wandern, nicht wahr", sagt die zierliche Frau und blickt dabei Ramona in die Augen.

„Das finden wir auch, es ist zu schade, um im Haus zu sitzen, obwohl man ja stets etwas zu tun hat", entgegnet Ramona freundlich.

„Haben Sie es auch in der Zeitung gelesen?"

„Nein, was denn?"

„Ja, das mit dem Angler in Köln Rodenkirchen am Rhein!"

„Was war denn da?"

„Es wurde von einem Angler ein Fuß aus dem Wasser geholt. Man vermutet, er gehört der Toten aus dem Moor! Denn ihr fehlte ja ein Fuß. Aber wie kommt der Fuß in den Rhein?"

Wurde die Frau nicht am Moor ermordet, sondern am Rhein? Ist der Fuß mit der Strömung rheinabwärts getrieben worden? Es stellen sich viele Fragen! Ramona steht wie versteinert da, ihr fehlen die Worte. Francis meint schließlich: „Wir müssen nach Hause. Hoffentlich ist der Mörder bald gefasst und alles hat ein Ende. Trotz allem noch einen schönen Abend." Er nimmt Ramona nun in den Arm, denn ihr hat es die Sprache verschlagen. Wie in Trance geht sie neben Francis, seinen Arm fest umklammert, nach Hause. Ramona redet den ganzen Tag kein Wort mehr, denn tausend Gedanken kreisen ihr wieder durch den Kopf: Was ist geschehen, wie war es wirklich? Ist es der fehlende Fuß der Toten aus dem Moor?

Einige Tage darauf, als Ramona mit ihrer Freundin Gritt unterwegs ist, um auf andere Gedanken zu kommen, beschließt Francis, zum Moor zu gehen. Er war noch nie dort. Was soll er auch da? Aber nun ist er von dem Gefühl getrieben, er müsse dort einmal hin. Er zieht seinen Hut und die Gummistiefel an und geht ohne Jacke nur im Pullover los. Zuerst über den Feldweg, vorbei an den Streuobstwiesen, er überquert eine Wiese und geht zum kleinen Wäldchen. Durch das Wäldchen schlängeln sich schmale Pfade, die damals der Mann mit den neun Fingern freigeschnitten hat. Ein komisches Gefühl befällt Francis schon. Für einen Moment denkt er sogar daran, umzukehren. Aber er ist doch schon so weit gegangen, mutig schreitet er dann doch weiter Richtung Moor. Gelborange daumenbreite Blätter des Pfeifengrases strecken sich Francis aus dem Moor entgegen. Ein Anblick, bei dem er in Stille verharrt und an den grausamen Mord denkt. Dunkelbraun bis tiefschwarz liegt das Moorwasser vor ihm. Er versteht nicht, dass ein Mensch zu einer solchen Tat fähig ist. Wie krank muss ein solcher Mensch sein? Es gruselt ihn für Momente, denn es lässt hier nichts auf Leben hoffen, es riecht nach Tod! Nicht einmal ein Birkhuhn hält sich hier auf. Vielleicht sind noch mehr Leichen dort? Wie tief es wohl sein mag? Ein beklemmendes Gefühl befällt seine Brust. Sein Herz rast, es klopft und pocht bis in sein Hirn. Francis dreht sich schnell um und geht zurück. Ins Moor gehen? Nein, das möchte er auf keinen Fall. Es hat doch länger gedauert, als er dachte. Vor Einbruch der Dämmerung möchte er zu Hause sein. Schnellen Schrittes geht er über die schmalen Pfade durch das Wäldchen. Überall hört er nun ein Knistern und Knacken! Ob es tatsächlich zu hören ist oder nur in seinen Gedanken, das wagt er gar nicht zu überprüfen. Im letzten Stück des Wäldchens ist es total finster, nur rechts und links dunkle Tannen. Ab und zu schreckt Francis zusammen. Er ist jedoch beruhigt, nur einen Vogel oder einen Hasen aus dem Geäst huschen zu sehen. Dann endlich kommt er auf der Wiese an. Wie sehr hat er sich doch gewünscht, wieder freies überschaubares Gelände zu betreten. Er beschließt, nie wieder ans Moor zu gehen. Ja, er versteht nun sogar, warum die Dorfbewohner das Moor meiden. Zu Hause eingetroffen schenkt er sich, nachdem er sich seines Hutes und der Gummistiefel entledigt hat, einen doppelten Whisky ein, er glaubt, ihn sich nach dieser Gruseltour verdient zu haben. Er geht zum Telefon, auf dem Anrufbeantworter sind mehrere Anrufe. Er drückt den Knopf und hört ihn ab. Die meisten stammen von Ramona, sie hat ihn versucht zu erreichen, um ihm mitzuteilen, dass es sehr spät werden kann heute Abend. Gritt und sie gehen in Bonn noch ins Theater und anschließend ins Restaurant am Theater zum Essen. Okay, denkt er und geht zum Humidor, entnimmt diesem eine fette Zigarre, zündet sie genüsslich an, setzt sich in seinen alten Ledersessel und beginnt zu überlegen. Dabei stellt er sich immer und immer die gleiche Frage: Wo treibt sich der Marquard herum?

Ist er noch in Deutschland? Ist er in Thailand? Lauert er längst wieder einer anderen Frau auf? Hat er die nächste schon umgebracht? Er nimmt sich einen Roman aus dem Bücherregal, lässt sich in seinen Ledersessel fallen und beginnt zu lesen in der Hoffnung, eine fruchtende Idee zu bekommen. Über das Lesen muss er wohl eingeschlafen sein, denn er schreckt auf, als es an der Haustüre klingelt, denkt, es sei Ramona, die ihren Schlüssel schon wieder einmal vergessen hat. Noch schlaftrunken legt er das Buch von seinem Schoß auf den Tisch und geht zur Türe: „Ramona! Ramona, bist du es? Antworte doch bitte und lasse die Spielchen, du weißt, ich mag das nicht!" Francis bekommt keine Antwort, er öffnet die Türe, sieht aber niemanden im trüben Schein der Energiesparlampe. Er tritt einen Schritt heraus und schaut in den Vorgarten, nichts zu sehen. Es ist bestimmt wieder eines ihrer verrückten Spielchen, denkt er. Da spürt er auch schon die Klinge eines Messers an seiner Kehle. Es ging alles sekundenschnell. Ein dunkel gekleideter Mann kam von der Seite, riss ihn zu sich und schon spürte er das Messer, ehe er sich verteidigen konnte.

„Los, gehen wir rein, und keine Tricks, denn dann bist du ein toter Mann!" Francis zittert am ganzen Körper. Hätte er die Türe doch nicht geöffnet. Er muss es sein, ganz sicher, denkt er. Was kann ich jetzt tun? Francis hat nur einen Gedanken: Hoffentlich kommt Ramona nicht! Bitte Ramona, bleibe, wo du bist!

„Hast du meine Frau gesehen? Suche sie schon überall. Heute ist der Tag unserer Hochzeit und der Tag der Abrechnung! Warten wir gemeinsam, ich habe Zeit, viel Zeit!" Er stößt Francis auf die Couch, nimmt sich einen Stuhl und setzt sich mit dem Messer in der Hand vor ihn. Jetzt, gerade eben, als er den Stuhl geholt hat, das wäre meine Chance gewesen, etwas zu tun, die habe ich nun verpasst, denkt Francis. Er wird mich umbringen! Er wird mich dann in das Moor werfen und keiner bemerkt etwas. Ramona wird er grausam töten und mir hinterherwerfen. Und ich habe versagt, konnte ihr nicht helfen, sie nicht einmal warnen! Lieber Gott, bitte lass Ramona fortbleiben, oder bei Gritt übernachten, lass sie nur nicht nach Hause kommen! Ich muss ruhig bleiben, darf nichts Unüberlegtes tun, denn das kann mein Ende sein. Was mache ich denn nur?

Der Täter hat alles im Griff, holt einen Kaugummi aus seiner Hosentasche, öffnet ihn und schiebt ihn in seinen Mund. Er kaut die nächste Stunde unentwegt auf dem Teil herum. Er beginnt nervös zu werden. Francis denkt nur: Ramona, bleib, wo du bist! Der Täter beginnt im Raum auf und ab zu gehen, zum Fenster und zur Haustüre zu schauen. Man merkt ihm immer mehr seine Ungeduld an. Vielleicht macht er einen Fehler und das ist meine Chance zu entkommen, denkt Francis. Da schreit der Täter auch schon durch den Raum, tritt gegen die Möbel, wirft herumstehende Gegenstände herum, ein Poltern und Klirren, lautes Geschrei. „Los, setz dich auf den Stuhl!" Francis tut, was er sagt, steht langsam auf und setzt sich auf den Stuhl. Er greift mit der linken Hand, rechts das Messer haltend, in seine Hosentasche, zieht ein gelbes dünnes Seil aus Kunststoff heraus. „Gib deine Hände her, zusammen!" Im nächsten Moment schnürt er Francis Hände mit dem Seil zusammen, das letzte Stück schnürt er Francis um die Brust und um die Rückenlehne des Stuhls. Jetzt ist alles zu Ende, so kann ich nichts mehr machen, geht es Francis durch den Kopf, Schweiß überflutet sein Gesicht, brennt in seinen Augen und liegt auf seinen faden Lippen.

„Was haben Sie vor?", flüstert er mühsam aus seinem Mund heraus. Da schlägt eine geballte Faust ihm mitten ins Gesicht. Francis merkt noch, wie seine Lippen anschwellen, Blut aus Mund oder Nase strömt, wie sein linkes Auge zugeht. Wieder und wieder schlägt er ihm ins Gesicht, der Stuhl prallt nach hinten gegen die Couch, er sieht alles nur noch sich runddrehend in Grautönen, bis Francis schließlich bewusstlos am Stuhl gefesselt zu Boden sinkt.

Es muss Stunden her sein. Francis kommt langsam zu sich. Wo ist er? Wo ist Ramona? Ist sie nach Hause gekommen? Hat er sie mitgenommen? Mein Gott, vielleicht ist sie schon tot? Sein Gesicht schmerzt ihn und die blutverkrustete Haut spannt. Ein Auge ist wie erblindet und er kann es nicht öffnen. Alles ist voller Blut! Er versucht, sich mit dem Stuhl, an den er immer noch gefesselt ist, aufzurichten. Nach mehreren Versuchen gelingt es ihm dann schließlich auch. Aber er ist auf dem Stuhl gefesselt und angebunden, kann nur abwarten, denn sich zu befreien scheint unmöglich. Er braucht Wasser, sein Mund und seine Lippen sind vom kalten Blut trocken und pappen zusammen. Froh darüber, dass er noch lebt, bleibt er zuerst einmal in seiner hoffnungslosen Position sitzen und versucht sich krampfhaft und mit aller Gewalt an das Geschehene zu erinnern. Alles ist jedoch vergebens, er weiß nicht einmal, ob Ramona gekommen ist. Ob der Marquardt gegangen ist oder ob er noch irgendwo herumlauert. Er denkt an Ramona, da fallen ihm ihre Worte ein: Ist eine Frau so begehrenswert, dass es sich lohnt, für sie alles zu geben? Selbst das Leben? Fast hätte ich mein Leben gegeben, denkt er. Der Marquardt konnte mich umbringen, warum hat er das nicht getan? Wollte er nur Ramona? Ich muss zum Telefon kommen und die Polizei anrufen! Da blickt er Richtung Telefon, sieht, dass das Kabel aus der Wand gerissen und das Telefon nicht auf der Station ist. Mühsam schleppt er sich, an den Stuhl gefesselt, über den Boden kriechend zur Haustüre, versucht sich an ihr hochzuziehen, aber vergebens, denn sie ist verschlossen und er hat keinen Schlüssel, um diese zu öffnen. Mit letzter Kraft zieht er sich über den Fußboden bis ins Badezimmer. Über der Toilette befindet sich ein Fenster, welches zur Straße führt. Schweißgebadet erreicht er den Griff zum Öffnen. Er versucht seinen Kopf fest unter den Kunststoffgriff des Fensters zu drücken, um so den Griff in eine waagerechte Stellung zu bringen, was ihm nach mehreren Versuchen auch gelingt. Aber so ist das Fenster noch nicht offen. Er muss ihn mit seinen Zähnen versuchen zu öffnen! Dafür muss er ihn aber erst einmal erreichen. Er hört das Motorengeräusch eines auf der Straße sich dem Haus nähernden Autos. Stimmen, ein lautes Gemurmel am Eingangsbereich, es klingelt. Francis ruft so laut er kann um Hilfe! Ein Tritt, ein lautes dumpfes Geräusch und vor ihm steht die Polizei und Kommissar Peter Steinmeier. „Oh, mein Gott, was ist passiert?" Ohne Zeit zu verlieren, ruft er Notarzt und Krankenwagen, währenddessen hat ein Polizist Francis aus seiner gefesselten Lage befreit und ihm ein Glas Wasser zum Trinken geholt.

„Ramona? Wo ist Ramona? Ist ihr etwas zugestoßen? Hat er sie umgebracht? Sagen Sie es schon", entkommt es Francis leise seinen Lippen.

„Nein, wir wissen nicht, wo sie ist. War sie denn nicht hier?"

„Sie war bei ihrer Freundin und mit ihr unterwegs!"

Während zwei der drei Polizisten nun zu Gritt fahren, trifft mit lautem Tatütata Krankenwagen und Notarzt ein. Francis wird versorgt. „Sie müssen mit uns ins Krankenhaus nach Bad Neuenahr fahren", sagt der Notarzt und schaut Francis mit ernster Miene an, „Sie haben Glück gehabt!"

„Nicht bevor ich weiß, was mit meiner Frau ist!"

Nachdem sie Francis vom Blut an Gesicht und Kopf befreit haben, sieht es noch halb so schlimm aus, nur sein Auge und die aufgeplatzten Lippen müssen behandelt werden, sein Nasenbein scheint dem Anschein nach nicht gebrochen zu sein. Kommissar Steinmeier setzt sich zu Francis auf die von Blut beschmierte Couch. „Wenn wir Ihre Frau gefunden haben, müssen Sie in Zukunft keine Angst mehr haben, denn ihr Exmann, Herr Marquard, wurde in den frühen Morgenstunden ganz hier in der Nähe tot aufgefunden! Übrigens – die Tote aus dem Moor wurde am Radweg nahe dem Sinziger Fährhaus ermordet und anschließend mit dem Hummer ins Moor transportiert. Später ist er dann mit einem geliehenen Wagen gegen einen Brückenpfosten gefahren, er war sofort tot! Ich wurde sogleich informiert und dann machte ich mich anschließend sofort auf den Weg zu Ihnen. Und nun fahren Sie bitte mit ins Krankenhaus, denn die Herren haben nicht ewig Zeit, der Notarzt ist nach der Erstversorgung sofort wieder gefahren." Da klingelt das Handy des Kommissars, er geht dran, während Francis gerade in den Krankenwagen steigt. „Ihre Frau hat von alledem nichts mitbekommen, sie ist wohlauf und bei ihrer Freundin. Beide kommen sofort und fahren hinter dem Krankenwagen her. Gott sei Dank!"

„Gott sei Dank", sagt Francis mit leiser Stimme.

Am Krankenhaus angekommen rennt Ramona sofort zu Francis, sie flüstert ihm ins Ohr: „Es tut mir ja so leid, dass ich nicht bei dir war, hätte ich das gewusst! Ich wäre sofort nach Hause gekommen! Hätte nicht bei Gritt übernachtet."

„Es war deine Rettung, denn sonst wärst du nun tot! Du hattest großes Glück! Wir beide hatten großes Glück."

Kommissar Peter Steinmeier sitzt an seinem Schreibtisch im Büro. Wieder ein Mord, der Aufklärung gefunden hat. Er trinkt beruhigt an seiner Tasse mit schwarzem Kaffee, sein harter energischer, nicht ermüdender Einsatz hat sich gelohnt. Der Mond ist hinter den Wolken verschwunden, er schließt die Türe seines Büros. Dann geht er zum Auto, obwohl es nur ein Katzensprung bis zu seiner Wohnung ist. Er drückt die CD rein und schon erklingt die Stimme einer seiner Lieblingstenöre. In seiner Wohnung angekommen liegt er noch eine Weile mit offenen Augen im Bett, bevor er dann einschläft. Sicherlich wartet schon der nächste Fall auf ihn. Wir leben in einer immer gewalttätigeren Gesellschaft ohne Hemmschwelle. Die Menschen waren aber früher im Mittelalter schon grausam. Haben Generationen die Welt doch nicht so sehr verbessert? Diese Ermittlung ist nun abgeschlossen, sind seine letzten Gedanken, bevor er fest einschläft.

Ein halbes Jahr später steht das Haus von Francis zum Verkauf.

Ende